JUMP j BOOKS

# 約束《やくそく》のネバーランド
# THE PROMISED NEVERLAND

## ～ママたちの追《つい》想《そう》曲《きょく》～



原作《げんさく》 白《しら》井《い》カイウ　作画《さくが》 出《で》水《みず》ぽすか　小説《しょうせつ》 七《なな》緒《お》

# 登場《とうじょう》人物《じんぶつ》紹介《しょうかい》

## GF《グレイス=フィールド》ハウスの子《こ》供《ども》達《たち》

生《い》き延《の》びるためGF《グレイス=フィールド》ハウスからの脱獄《だつごく》を計画《けいかく》する。

### エマ

抜群《ばつぐん》の運動神経《うんどうしんけい》と学習能力《がくしゅうのうりょく》を兼《か》ね備《そな》えたムードメーカー

### レイ

GF《グレイス=フィールド》ハウスの子供達《こどもたち》の中《なか》で唯一《ゆいいつ》ノーマンと渡《わた》り合《あ》える知恵者《ちえしゃ》

### ノーマン

優《すぐ》れた分析力《ぶんせきりょく》と判断《はんだん》力《りょく》をもつGF《グレイス=フィールド》ハウスで一番《いちばん》の天才《てんさい》

### フィル

エマが大好《だいす》きで、いつも元気《げんき》な男《おとこ》の子《こ》

### ギルダ

高《たか》い洞察力《どうさつりょく》で物事《ものごと》に対処《たいしょ》する才女《さいじょ》

### ドン

明《あか》るく負《ま》けず嫌《ぎら》いなお調子者《ちょうしもの》

### ラニオン

仲良《なかよ》しなトーマといつも一緒《いっしょ》

### トーマ

仲良《なかよ》しなラニオンといつも一緒《いっしょ》

### ナット

少《すこ》し臆病《おくびょう》でちょっぴりナルシスト

### アンナ

物静《ものしず》かだが心《こころ》が強《つよ》く皆《みんな》に優《やさ》しい

## GF《グレイス＝フィールド》ハウスの大人達《おとなたち》

鬼《おに》へ献上《けんじょう》する子供《こども》を育成《いくせい》する為《ため》に生《い》かされている。

### クローネ

イザベラの補佐《ほさ》で鬼達《おにたち》の配下《はいか》

### グランマ

GF《グレイス＝フィールド》ハウスの大人《おとな》達《たち》の統括者《とうかつしゃ》

### イザベラ

エマ達《たち》を育《そだ》てた優《ゆう》秀《しゅう》な飼育監《しいくかん》

## 子供達《こどもたち》の支援者《しえんしゃ》

### W《ウィリアム》・ミネルヴァ

本名《ほんみょう》:ジェイムズ・ラートリー
鬼《おに》と約束《やくそく》を結《むす》んだ一族《いちぞく》の末裔《まつえい》

## GF《グレイス＝フィールド》ハウスの鬼達《おにたち》

発達《はったつ》した人間《にんげん》の脳《のう》を食《しょく》す為《ため》に人《ひと》の子《こ》を育《そだ》てる

## あらすじ

GF《グレイス＝フィールド》ハウスで幸《しあわ》せに暮《く》らしていた38人《にん》の子供達《こどもたち》。ある日《ひ》、最年長《さいねんちょう》のエマとノーマンは鬼《おに》を目撃《もくげき》し、本当《ほんとう》の「ママ」のように慕《した》っていたイザベラが自分達《じぶんたち》を鬼《おに》が好《この》む食料《しょくりょう》に育《そだ》てようとしていた事《こと》を知《し》る。食《た》べられる運命《うんめい》を拒《こば》んだ２人は皆《みんな》と一緒《いっしょ》に生《い》き残《のこ》る為《ため》に、同《おな》い年《どし》のレイの協力《きょうりょく》を得《え》て密《ひそ》かに脱獄《だつごく》の準備《じゅんび》を進《すす》める。更《さら》にドンやギルダ達《たち》も仲間《なかま》に加《くわ》え、脱獄決行《だつごくけっこう》はいよいよ現実味《げんじつみ》を帯《お》び出《だ》した。そんな最中《さなか》、計画立案《けいかくりつあん》の中心《ちゅうしん》にいたノーマンが出荷《しゅっか》されてしまう。悲《かな》しみと悔《くや》しさの感情《かんじょう》と共《とも》に、エマ達《たち》は彼《かれ》が命《いのち》懸《が》けで残《のこ》してくれた作戦《さくせん》を実行《じっこう》。イザベラの僅《わず》かな隙《すき》を突《つ》いてハウスの外《そと》を目指《めざ》す。

# 約束《やくそく》のネバーランド

THE PROMISED NEVERLAND

## ～ママたちの追想曲《ついそうきょく》～

# 星空《ほしぞら》とレスリーのリスト

木立の間から、燃えるハウスが見える。

炎に照らされた煙が、長く夜空へ伸びていた。暗い森を、そのハウスを包んだ大きな火が、赤々と照らしていた。

イザベラは、自分の膝《ひざ》に頭を預け眠りについた子供達を撫《な》でる。さっきまで泣いていた子供達も、今は安らかな寝息を立てていた。

唇から、かすれた歌声が零《こぼ》れ落《お》ちる。

子守歌のように、イザベラは懐《なつ》かしい歌をずっと口ずさんでいた。炎が建物を焼く音に重なって、優しい歌声が静かに響く。

ギィ……と大きな音が鳴って、柱の一つが崩れた。

歌いながらイザベラは、ゆっくりと燃え落ちていくハウスを眺《なが》める。

「…………」

ママとして、エマ達を育て過ごしたハウスの建物は、かつて自分が少女時代を過ごした飼育場《プラント》と重なった。イザベラは目を伏せる。自分の膝にもたれ、頬《ほお》に涙の跡を残したまますやすやと眠る子供達を見下ろした。

何も知らずに眠る、子供達を。

イザベラはちらりと、その中にいる短い黒髪をした少年を見た。

（フィルは……）

きっと、今夜姉達が決行したことを、理解しているのだろう。まだ4つの子が、その胸に何を収めているのかはわからないけれど。イザベラはそのあどけない顔を見つめ続けた。

（私は……）

この世界の真実を知った時、何を思っただろう。

イザベラはそれがもう、二十年近く過去であることに静かに驚いた。あの頃は自分も、かつてのエマ達と同じように、何も知らずハウスで暮らしていた少女だった。

ずっと幸せな孤児院だと思っていた場所は、本当は〝鬼〟の食料となる子供を育てるための飼育場《プラント》だった。

毎日のテストは、より高級な〝脳〟を作るため。

大好きだったママも鬼の仲間——食用児の飼育監《しいくかん》だった。

森の向こうへ行ってはいけないのは、自分達を閉じ込める塀《へい》があるからだ。

そして里親のもとへ旅立ったと思っていた兄弟はみんな、殺されていた。

イザベラの脳裏を、その少女の頃にともに遊び、笑い合った兄弟達の顔がよぎっていく。一人一人、名前も顔も、交《か》わした言葉もはっきりと覚えている。靴紐《くつひも》が結べないと毎朝ぐずっていた弟、甘えんぼだった妹。

そして、レスリー。

イザベラの中で、その名前は今まで口ずさんでいた歌と結びつき、忘れがたく常に胸の中にあった。

「……レスリー」

歌っていた時の声と同じ、微《かす》かな音量で、イザベラは夜の闇《やみ》の中に、その名前を呼ぶ。

さっき、塀の上で浮かび上がった思い出が、壊れた映写機のように何度も頭の中を巡《めぐ》っていく。イザベラは苦笑を落とした。

(きっと今まで、ずっと振り返らずにいたせいね……)

封じ込めてきた過去が、二十年の時を経《へ》て溢《あふ》れ出《で》る。

あの夜、晴れやかな笑顔でレスリーを見送り、そして全部手遅れになってから、イザベラはハウスの真実を知った。

「………」

かつて塀の上に立った時の絶望は、今でもよく覚えている。

今夜のように寒く、あの日は空から雪が舞っていた。ひらひらと落ちてくる白い雪片を透かして、塀の外側には真っ暗な奈落《ならく》が広がっていた。

少女のイザベラには、目の前の光景の意味がわからなかった。（何、これ……）塀の向こうには、レスリーが暮らしている外の世界があるはずだったのに。

『イザベラ……』

静寂《せいじゃく》の中、響いた声にイザベラは呆然《ぼうぜん》と振り返る。塀の下から呼びかけたママは、笑っていた。

そして、この世界の真実を告げられた。

自分達は、食べられるために育てられていた、食用児。

外に人の世界はない。

里親のもとへ旅立った彼はもう、死んでいるのだと――。

その時からずっと、一人の少女の身の内を絶望と怒りが吹き荒れ続けた。イザベラはママを、そして農園の支配者達を憎んだ。必ず農園《ここ》から脱獄してやる。そう誓った。

だが賢《かしこ》い少女は、激情に揺さぶられながらも、どんな手段を用いてもここから脱獄するのは不可能であることが理解できてしまった。

12歳のイザベラは、飼育監としての道を選んだ。

（けれど……）

イザベラは眩《まぶ》しそうに、夜闇《よやみ》にはためくロープを、その先にいるはずの少女達の姿に思いを馳《は》せる。

エマ達は今、塀の向こうへ降り立った。

この閉ざされた世界の、〝外〟へ出た。

自分があの日諦《あきら》めた、脱獄を果たしたのだ。

冬の凍《い》てついた空気が、イザベラの頬を撫でる。その表情に、飼育監《ママ》としてエマ達を追っていた時の険《けわ》しさはなかった。穏《おだ》やかな母親の笑《え》みだった。

煙の臭《にお》いが風に乗って運ばれてくる。灰が子供にかからないよう、イザベラは毛布を引き寄せた。

ふいに強い風が吹き、燃え残った紙片が雪のように舞ってきた。その一枚が、イザベラのすぐ手元へ落ちた。

縁《ふち》の焦《こ》げたそれを、イザベラはなにげなく手に取った。

「あ……」

そこに並んだ懐かしい文字に、イザベラは大きく目を見開いた。こみあげてくる思いは、さっきまで口ずさんでいた歌と重なり合った。どうして今、と思った。ずっとこの〝手帳〟は開けないでいたのに。

「レスリー……」

祈るように、その名を口にする。

そこに書かれていたのは、あるリストだった――。

## 1

ハウスの屋根を、うららかな日差しが照らす。小さな子供達の楽しげな声が、庭のあちこちで上がっていた。

庭から少し離れた場所、丘の上にある一本の木の下で、少年が歌を口ずさんでいる。

さらさらの髪に色素の薄い瞳をした、そばかす顔の少年だ。手元に寄ってきた蝶《ちょう》にだけ聞こえるくらい、ひかえめな声で優しいメロディーを紡《つむ》いでいた。

「綺麗《きれい》な旋律《せんりつ》ね」

突然頭上の枝から声をかけられて、歌を歌っていた少年――レスリーは飛び上がった。

「イザベラ!!」

高い枝から、イザベラと呼ばれた少女は軽《かろ》やかに飛び下りた。後ろで一つに編んだ三つ編みが、その動きに合わせて跳《は》ねる。

「木登りしてたら、素敵な歌が聴こえたからつい……」

ごめんなさい、と笑顔を向けるイザベラに、レスリーはまだドキドキしている心臓を押さえた。

「びっくりしたぁ……」

イザベラは膝を抱いてレスリーの隣に腰を下ろした。

「ねぇ、なんて歌?」

イザベラに尋ねられて、レスリーは一瞬口ごもる。黙っていようかと思ったが、イザベラが歌に興味を持ってくれたのが嬉《うれ》しく、小さな声で答えた。

「名前は……ないんだ。つけてないんだ」

そのセリフの意味を、イザベラは即座に汲《く》んだ。驚いて身を乗り出す。

「レスリーがつくったの⁉」

「うん……」

名前をつけていない歌、というのはつまり、自分で作曲した歌、ということだ。驚くイザベラに対して、レスリーは思いがけない反応に戸《と》惑《まど》って返事をする。

イザベラは屈託《くったく》なく言った。

「すごいなぁ」

黒い瞳を丸くして、イザベラはレスリーを見つめる。素直にそう思っていた。自分にできないことができる人はすごい。イザベラはにっこりと笑いかけた。

「もっと聴かせて！」

「えっ」

そんなふうに言われるとは思わなかったレスリーは瞬《まばた》きし、イザベラを見返す。隣でイザベラは、レスリーが歌ってくれるのを待っている。

「……うん」

初めてできた観客に、レスリーはくすぐったい気持ちになる。

「でも恥ずかしいからみんなには内緒ね」

そう言って人差し指を立てたレスリーに、イザベラは笑みを浮かべて頷《うなず》き返した。

内緒話をするような小さな声で、レスリーは歌い始める。

震えるような微かな声は、やがて澄んだ歌声に変わった。

イザベラは膝を抱《かか》えて、隣で歌う少年を見つめた。

いつも自信なさそうにうつむいていることが多いレスリーだったが、歌っている時は——音楽に関《かか》わっている時は、心から楽しそうに目を輝かせている。それを隣で見ながら、イザベラはレスリーに合わせて自分もその歌を口ずさんだ。

すぐにフレーズを覚えてしまったイザベラに、レスリーはちょっと驚いた視線を向けたが、声を止めることなく一緒に歌い続けた。イザベラは深呼吸するように、のびやかなメロディーを繰《く》り返《かえ》す。

(綺麗な歌……)

二人分の歌声が風に乗って丘を流れていった。

それから何度も、イザベラはレスリーとその歌を歌った。

一緒に過ごす時間は心地良く、楽しかった。

他の子達と、走り回ったりチェスをしたりして遊ぶのもイザベラは好きだったが、レスリーといる時間はそれとは違った居心地の良さだった。一緒にいると癒《いや》された。

レスリーのまとう優しい空気は、彼の作った歌そのものだった。

そう言って褒《ほ》めても、レスリーは困ったように笑って、目を伏せてしまう。

「……僕なんて、全然だめだよ」

イザベラは不思議だった。

自分で曲も作れるし、歌だって上手《じょうず》で、バイオリンも弾《ひ》ける。それなのにレスリーはいつも自信なさそうにして、イザベラの方がすごいよと笑うのだ。

レスリーから見れば、イザベラは何でも人並み以上にこなせてしまう、完璧《かんぺき》な女の子だった。

頭も良くてテストではいつも満点《フルスコア》、運動神経も抜群で足も速くて、みんなの人気者だ。弟妹達にも慕《した》われているし、兄姉達からも一目《いちもく》置かれていた。

そんなイザベラに比べれば、自分は苦手なことばかりの冴《さ》えないやつだとレスリーは思っていた。勉強もできないし、鬼ごっこをすればすぐ捕まってしまう。口下手《くちべた》で、周《まわ》りを明るくさせることもできなければ、周りから尊敬されるようなこともない。

音楽は好きだったけれど、レスリーの中でそれは誰かに誇れるようなものに分類されていなかった。勉強や運動ができたらかっこいいけれど、音楽が得意でもそれだけだ。レスリーはそんなふうに思っていた。

だから他のことで、イザベラより何か一つでも上手《うま》くできるようになりたかった。

変わりたい、とずっと願っていた。

そのための『目標』を書き始めたのは、もう気づけばずいぶん前のことになってしまっていた。


「はぁ……今日も一つも叶《かな》えられなかったな……」

午後の自由時間後、誰もいない部屋でレスリーは自分のベッドに座っていた。その手には小さなノートのような手帳が開かれている。ページの文字を指でなぞって、レスリーは溜息《ためいき》をついた。

その時、開いたままの部屋のドアから、イザベラが顔を覗《のぞ》かせた。

「レスリー！　ママが呼んでるわ」

「えっ、う、うん！　今行く」

慌《あわ》てて手元の手帳を閉じ、引き出しに押し込む。レスリーはベッドから下りると、イザベラを追って階下へ降りていった。

食堂では、夕食の準備が進んでいた。年少の弟妹達が駆け回るのをたしなめていたママに、イザベラが声をかける。

「ママ、レスリー呼んできたよ」

イザベラの声に、黒いワンピースに白のエプロンを身につけた、ママと呼びかけられた女性が振り返る。イザベラの隣に並んで、レスリーは何を言われるのだろうかと、落ち着かなさげに視線をさまよわせた。

そんなレスリーの肩へ、ママはそっと片手を置いた。

「レスリー、おめでとう」

かけられた言葉に、レスリーは下げていた視線を持ち上げた。

優しげに微笑するママと目が合った。

「――あなたの里親が決まったわ」

## 2

ベッド周りの私物を整理しながら、レスリーは何度目かわからない溜息を吐き出した。

「レスリー、もう荷造りしてるの？」

夕食後の自由時間、子供達はそれぞれ当番の掃除やテストの課題をしている。その時間を使って持ち物を片づけていたレスリーのもとへ、イザベラがやってきた。

「そういうわけじゃないんだけど……持ってくもの、整理しとかないとって思って」

「そうね。手伝う？」

ベッドに腰かけて、イザベラは横に広げられているレスリーの引き出しの中身を見る。

そこには兄姉達がハウスを旅立つ時にくれた手紙や弟妹達からの絵など、細々《こまごま》した思い出の品が並べられていた。先月ハウスを去った妹が作ったカードを手に取って、イザベラは呟《つぶや》く。

「明後日《あさって》の夜には、レスリーも出発しちゃうのね」

「……うん。僕も、実感ないよ」

レスリーは引き出しの中を掃除し、空《から》っぽになったそれに目を落とす。

「ねぇ、レスリーはハウスでやり残したこととかないの？」

「えっ？」

唐突にイザベラから発せられた質問に、レスリーは言葉を詰まらせた。イザベラは顎《あご》に指をやり、思いつくまま話す。

「そうだなぁ、例えばすーっごい悪いイタズラするとか、ママの言うこと聞かないとか」

「……そんなことできないよ」

呆《あき》れるレスリーに、イザベラは無邪気に笑う。

「いいじゃない、最後なんだし」

面白《おもしろ》がっているイザベラに対して、レスリーはまったく違うことを考えていた。

「う、うん……そうだね」

言いながらその目線は、そわそわとイザベラの横に置いたままにしていた自分の手帳へ向いていた。さりげなくそれを取って引き出しに仕舞《しま》いたかったが、急にそんなことをすれば不審に思われるかもしれない。

落ち着きなく考えている間に、イザベラがレスリーの視線に気づいてひょいっと手帳を手に取った。

「これ、いるの？」

「あっ！」

慌てて受け取ろうとしたレスリーの手は、勢い余ってイザベラの持つ手帳にぶつかった。

手帳はばさりと音を立てて床に落ちる。

そして、何度も読み返していたページが開かれた。

そのページに書かれているものを見て、イザベラが目を見開いた。

「これ……」

「わぁイザベラ見ないで！」

そう叫んで拾おうとしたレスリーより、イザベラの方が早かった。屈《かが》んだレスリーをさっとかわして、手帳を拾い上げた。

「『目標リスト』……？」

開いたページには、薄い鉛筆の文字で、数字の振られた項目が並んでいた。

1．バイオリンで夜想曲第二番を弾けるようになる。

2. テストで満点を取る。
3. 鬼ごっこで最後まで残る。
4. 図書室の本を全部読む。
5. 木登りができるようになる。
6. 弟妹達をあっと驚かせる。
7. 音楽のこと以外で、ママに褒められる。
8. 森の向こうを見に行ってみる。
9. 流れ星を見せる。

その後にも一行、何か書いてあるようだったが、それは鉛筆で黒く塗《ぬ》り潰《つぶ》されていた。

イザベラが目を凝《こ》らす前に、レスリーが自分の手帳を奪い返した。

「こ、これはその……」

顔を真っ赤にさせ、レスリーはうつむく。前髪で表情を隠したまま、小さな声でぼそぼそと明かした。

「……ハウスを出るまでに、できるようになりたいなって思ってたことを、ただ書いてみただけなんだ……」

　恥ずかしいやつだと思われただろうか。手帳を握ったレスリーは、イザベラの顔が見られないでいた。沈黙が流れる。

「ねぇ、それ、今からでも達成しようよ」

　イザベラの口から出てきた言葉は、意外なものだった。レスリーは驚いて顔を上げる。

「え？」

　黒い瞳を輝かせるイザベラと、目が合った。

「だってハウスに心残りがあるまま、新しい生活を始めるなんて、すっきりしないでしょ？」

「そう、だけど……でも無理だよ。今日除いたら、二日間しかないんだよ？」

「二日もあるじゃない」

　弱気なレスリーの主張を、イザベラは軽やかに跳ねのけた。

「最初の『バイオリンで夜想曲第二番を弾けるようになる』からやろうよ」

　イザベラはベッドからぴょんっと飛び下りた。手帳を胸に抱いたままのレスリーはイザベラが１番目の項目をそらんじたことに目を丸くする。

「え、今の一瞬で覚えたの⁉　まさか全部っ？」

「？　だってそんなに長い文章じゃないし」

こともなげに言うイザベラに、レスリーは絶句した。さすが毎日のテストで満点《フルスコア》を取り続けているだけある。

「じゃあ、明日《あした》の自由時間、音楽室に集合ね！」

イザベラー、と廊下から他の子に呼ばれて、イザベラは三つ編みを翻《ひるがえ》すとそれだけ言って手を振った。

「え、えぇえ……」

今まで誰にも見せることがなかった手帳を持ったまま、レスリーは途方に暮れた。

## 3

翌日、昼食の片づけを終えた後、イザベラとレスリーは音楽室に集まった。

「ねぇ、レスリーが言ってた曲ってこれ？」

イザベラが、本棚に並んだ古い楽譜から一冊を取り出した。

「うん」

レスリーはその楽譜を受け取った。譜面台を持ってくると、そこに立てかける。

「本当はピアノで弾くために作曲されたものだから、バイオリンで弾こうと思うとちょっと違っちゃうのかもしれないけど……」

楽器ケースを一つ持ってきてテーブルに置くと、レスリーはふたを開けた。中には古いが、きちんと手入れされたバイオリンが収められていた。

つやつやとした茶色に輝く楽器を取り出し、レスリーは肩に預けて顎を添えた。

弓を構《かま》え、最初の一音を試し弾く。

柔らかな音が音楽室に響いた。

ふぅ、と小さく息をついたレスリーは、イザベラの方をちらりと見た。それから緊張を払いのけるために大きく深呼吸すると、弾き始めた。

ゆったりとしたメロディーが、音楽室を満たす。

イザベラは近くにあった椅子《いす》に座ると、心地良さそうにその演奏に耳を傾けた。

弓を走らせる弦《げん》へ視線を落とし、レスリーは音符を追っていく。柔らかな音色《ねいろ》は、曲も音も違うはずなのに、不思議なほどレスリーの歌声に重なった。

弾き終えたレスリーに、イザベラは拍手を送った。

「すごく綺麗な曲ね！」

「うん、僕も大好きな曲なんだけど……やっぱり難しくて。ずっと練習してるんだけどなかなか完璧に弾けないんだ」

「そうなの？　弾けてるように聞こえるけど？」

今の演奏でもう最初の項目は達成のように思えた。イザベラは首を傾《かし》げる。

「だめだよ、こんなじゃ。ほらここの細かく弾くところとか、いつもつまっちゃうんだ」

弓を持ったまま楽譜を指さして、レスリーは難しい顔になる。イザベラが、その横から楽譜を覗き込んだ。繋《つな》がった音符が連なっている、ということ以外、イザベラにはよくわからなかった。

うーん、と少し考えていたイザベラは、楽譜から顔を上げた。

「わかった。じゃあその失敗しちゃうところを書き出して、そこだけまず繰り返しやってみたら？」

イザベラのアドバイスに、レスリーは目を丸くする。イザベラは笑い返した。

「音楽のことはよくわからないけれど、どうしたら失敗しなくなるか考えるのは一緒にできるから」

正直レスリーは、イザベラを退屈な練習に付き合わせることになるのではと思っていた。けれどイザベラは自分のできることで、力になろうとしてくれた。レスリーは微笑《ほほえ》んだ。

「ありがとう……」

レスリーは上手く弾けないパートを繰り返し、最後に初めから通して弾いてみた。

「ああ惜しい！」

その頃にはイザベラも、レスリーが上手くいっていないと言う部分がどこであるかわかるようになっていた。本当に何でも飲み込みが早いなぁと、弾き終えたレスリーは内心で感嘆する。

レスリーはバイオリンを下ろして、呟いた。

「本当は、弾いてる時に誰かいると緊張しちゃって、よけい弾けなくなるんだ……」

「え⁉　そうだったの？」

じゃあ外にいる？　とイザベラは扉を指さした。レスリーが慌てて手を振る。

「ううん！　そうじゃなくて……それなのに、イザベラが練習に付き合ってくれる方が弾けるなって」

視線をさまよわせて、レスリーはそう言葉にした。イザベラは少しきょとんとしてから、

「なら良かった」と安堵《あんど》の笑顔を浮かべる。

「ねぇ、これも弾ける？」

「え？」

イザベラが口ずさんだ歌に、レスリーは思わず声を漏《も》らして笑った。自分が作った曲だった。ハミングが曲名代わりになっている。

「うん……」

レスリーはバイオリンを構え直すと、その旋律を奏《かな》でた。イザベラが、それに合わせて歌った。レスリーが途中をアレンジして、少しテンポが速くなる。途端に明るい曲調になった歌に、イザベラが声を上げて笑った。

「よし、練習再開しないと」

レスリーは楽譜の弾けなかった部分を確認する。イザベラはちらっと音楽室にかけられた時計を見た。自由時間は午後五時までだ。

「ねぇレスリー、バイオリンは明日に回して、リストの次に移らない？」

2番目に書いていたのは確か、とレスリーが思い出すより早く、イザベラが答えた。

「『テストで満点を取る』！」

図書室の大きなテーブルに、イザベラとレスリーは並んで座っていた。

「だから、この場合の表面積を求める時は、まず$S=12A=3\sqrt{25+10\sqrt{5}}\,a^2$の式を使って、そこから導き出した数字が立体Aの」

「も……もう一度言って？」

課題のノートを広げたレスリーは、イザベラのよどみない説明に頭を抱えた。できないところを教えてもらっているのだが、解説が高度すぎて、ほとんど何を言っているのかわからない。

溜息をついて、レスリーは開いたノートに突っ伏した。

「やっぱり明日テストで満点なんて無理だよ……」

「そんなことない！　解き方さえ覚えておけば後は応用よ」

と教える側のイザベラは簡単に言う。それイザベラだからできるんだよ……という言葉をレスリーはぐっと飲み込んだ。

「ねーイザベラ、レスリー、遊ぼうよぉ」

「レスリー、一緒に遊べるのもうちょっとだけなんでしょー」

図書館に入ってきた年少組が、背伸びしてテーブルの上に顔を覗かせる。自由時間にいなくなってしまった二人を、ずっと探していたようだ。イザベラとレスリーは顔を見合わせた。

テストの勉強は全然進んでいなかったが、弟妹達の誘いをむげに断ることはできない。微苦笑で頷いたレスリーに、イザベラは大きな声で宣言した。

「それじゃ、次の『鬼ごっこで最後まで残る』をやろう！」

椅子から立ち上がったイザベラに、わーい！　と弟妹達は歓声を上げる。

「ま、待ってイザベラ」

あっという間に図書室を飛び出していくイザベラ達を、レスリーは慌ててノートや文房具を抱えて追いかけた。

いーち、にーい、と鬼役の数える声が、森の中に響いている。

「レスリー、こっち」

「ハア、ハァ……イザベラ、待って」

茂みや岩など障害物を身軽に飛び越えて、イザベラはどんどん森の奥へと走っていく。後を追うレスリーは、走り出してすぐに息が上がっていた。イザベラの後ろ姿を見失わないようにするので必死だ。前ばかり見ていると何度も足元の石や木の根につまずきそうになる。

イザベラは後ろを振り返り、追いついたレスリーに上を指さしてみせた。

「さ、早く、鬼が来る前に登って」

「えぇ⁉」

イザベラが指さすのは枝ぶりも立派な、大きな樹木だった。膝に手をついて、肩で息をしていたレスリーは、その木を見上げて首を振った。

「こんな高い木なんて、登れないよ！」

無理だと言うレスリーに、イザベラが思いついた顔をする。

「じゃあ今がリストの5番目を達成するチャンスね！『木登りができるようになる』！」

「え、ええっ？」

「これで3番の『鬼ごっこで最後まで残る』と5番の『木登り』、どっちも一度にクリアできるじゃない？　あ、このまま森の向こうまで行ったら8番もできそう！　一気に三つ達成よ」

名案とばかりに顔を輝かせて言うイザベラに、レスリーは啞然《あぜん》とする。

イザベラの思考は彼女のチェスと一緒だ。一手でいくつもの効果が得られるように考えられている。イザベラのセリフだけ聞いていると、本当にハウスを去る前に全部の項目を叶えてしまえそうな気がしてくる。

だが作戦の秀逸《しゅういつ》さと、それが実際に遂行《すいこう》可能かは、残念ながら別問題だった。

「と、届かないよ」

「大丈夫、そっちの手を放して、ここまで伸ばしてみて」

枝の上にいるイザベラが、レスリーに手を伸ばす。必死に枝を摑《つか》んでいたレスリーだったが、うまく足がかけられず宙ぶらりんになった。足をばたつかせる。

「そんな、こと、言っても……うわぁっ」

どさりと木から落ちる。幸か不幸か、大した高さまで登れていなかったので怪我《けが》をするようなことはなかった。

「い、たた……」

「レスリー何してるんだよ?」

物音を聞いて茂みから出てきた鬼役の弟が、地面に転がっているレスリーに呆れる。

「はい、捕まえた」

「うう……」

弟にあっさりと捕まえられてしまい、レスリーは肩を落とした。

枝の上から、イザベラが「うーん」とチェスの次の手を考えるように腕組みした。


「4番、『図書室の本を全部読む』」

「いやイザベラ、さすがに無理だよ！」

どさどさっと置かれた本の山に、レスリーは叫んだ。

消灯前、ベッドの上で課題の勉強をしていたレスリーは、イザベラが積めるだけ積んで運んできた本を見て目を瞠《みは》った。イザベラは本を置いた後、自分もベッドの縁《ふち》に座った。

「大丈夫！　私も読むから」

「……そ、それって意味あるかなぁ……？」

レスリーも本を開くが、この一冊でさえ読みきれる自信はない。『機械工学と人類の歩み』なんて難解で分厚《ぶあつ》い本、一体誰が読むのだろうか。

リストにこの項目を入れたのは、知識が増えれば、イザベラと並ぶくらい頭が良くなれるんじゃないかと思ったからだ。レスリーは文字を追いながら頬を掻《か》いた。読書自体は嫌いではないけれど、難しい内容は一つ一つ理解していくのにどうしても時間がかかってしまう。

「イザベラ、もう消灯時間になっちゃうよ」

「うん」

ベッドの縁に腰かけ、イザベラは膝に本を置いて読みふけっていた。

返事をしつつも、イザベラはページをめくる手を止めない。その一瞬だけでどうやって読んでいるのだろうと思う速さで、次々とページをめくっていく。

同室の兄弟達は、小さな子から順々に眠りに落ちていった。寝息が聞こえてくる。

部屋の明かりは消さなくてはいけないので、ランプを持ち込んで、その光で二人こっそりと読んでいた。だがさすがにママが来る時間までこうしているわけにはいかない。

「ねぇイザベラ、自分の部屋に戻らないと」

心配して声をかけるレスリーに、読書に集中していたイザベラが、ページからはっと顔を上げた。

廊下から微かに足音が聞こえてきていた。

「ね、ねぇイザベラ？　聞いてる？」

「レスリー、寝たふりして」

「え？」

イザベラは座っていたベッドからさっと床に下りると、本を抱いて身を伏せた。レスリーがどういうことか問いただそうとしたその瞬間、部屋のドアが開いた。

消灯を確認しに来たママが、まだ起きているレスリーを見て眉《まゆ》をひそめた。

「あらレスリー、何してるの？　早く寝なさい」

「は、はいっ」

レスリーは慌てて本を閉じ、シーツの中に潜《もぐ》り込《こ》んだ。

（もうイザベラ……ママが来るってわかったなら、そう言ってよ）

レスリーは顔の半分までシーツに潜ったまま、踵《きびす》を返したママの背を見送る。リストの7番目が浮かぶ。『音楽のこと以外で、ママに褒められる』――褒められるどころか、叱《しか》られてしまったではないか。

部屋の扉が閉まり、足音が遠ざかると、イザベラが身を起こした。

「ママ、行った？」

「行ったけど、イザベラ……本当にもう戻らないと」

イザベラは小さく息を吐いて、読みかけの本を置いた。三つ編みを後ろへ払って、「十冊しか読めなかった……」と不服そうに呟く。気づけば彼女の横に、読破した本が積み上げられていた。

レスリーは自分の膝の上に置いた一冊目の本へ視線を落とし、溜息をついた。

「ねぇイザベラ……やっぱりどれも叶えられっこないよ」

他の子を起こさないように、レスリーは静かな声で言う。本を置き、手元に置いていた手帳を開く。

「……僕には無理だよ」

ずっと一人で、隠れて努力してきた。

このリストを全部達成すれば、新しい自分に変われると思っていたけれど、そんなふうに夢見ながら、気づけばハウスを旅立つ日が決まってしまった。

昨日《きのう》荷造りをしている時は、レスリーの中でリストの達成はすでにできなかったこととして片づけられていた。間に合わせることができなかった、終わった事柄となっていた。

けれど思いがけないかたちで、イザベラが協力してくれることになった。

（まさかこのリストを、イザベラと取り組むことになるとは思わなかったな……）

無理な挑戦なんてやめようと思ったけれど、そう思った時「いいじゃない、最後なんだし」と笑ったイザベラの言葉が浮かんだ。それなら出発までの二日間、頑張ってみようと思ったのだ。

イザベラと一緒にやれるなら、達成できるかもしれない、と。

けれど結果は――さんざんだった。

わかっていたことじゃないか、とレスリーは内心で肩を落とす。イザベラが手伝ってくれたって、自分の能力が突然向上するはずがない。

今日一日取り組んで、できたものは一つもなかった。

「……流れ星だって、僕の努力でどうにかできることじゃないし」

それ以外でさえ、希望は薄い。全て達成なんてとても無理だ。うつむいたレスリーに、イザベラは身を乗り出す。

「でも、まだ時間はあるでしょ？　諦めるのは早いわ」

間髪《かんはつ》入れずそう励ましたイザベラに、レスリーは微笑み返した。その笑みは、自嘲《じちょう》の色を帯びて寂《さび》しげになった。

「イザベラは、すごいね……。何でも諦めずに頑張れる」

絞《しぼ》ったランプの明かりに照らされて、レスリーの表情に影が落ちる。

レスリーは自分の書いたリストを見下ろした。

「……僕みたいな何もできないやつが里子に来たら、新しいお父さんもお母さんも、がっかりするんじゃないかな」

ぽつりと、呟いた。

それはずっと思っていたことだった。

レスリーは手帳のページを閉じ、その表紙に力なく手を預ける。

「僕、明日ママに、里子を辞退できないか……聞いてみようと思うんだ」

里親が決まったと言われた時から、その気持ちはレスリーの胸の中にあった。

自分よりもっとふさわしい子が、いるのに。

レスリーは目の前に座るイザベラを見る。

もし初めて会う〝両親〟に「こんな子はいらない」と言われたらどうしようと思った。

言葉にされなくても、別の子の方が良かったと落胆されるのではないか。そんなふうに、里親が決まったと言われた瞬間から、ずっと不安は膨《ふく》らみ続けていた。

だから新しく始まる暮らしに対しても、期待よりも不安が勝《まさ》った。

みんないつかハウスを出ていく。自分にもその時は必ず来るのだとわかっていたけれど、いざ決まってしまうと、一人で新しい家族のもとへ行くのはどうしようもなく怖《こわ》かった。

まだこの先もずっと、ハウスにいたかった。

イザベラと、ママと、兄弟達と、いつまでもここで暮らしていたかった。

もちろん、外の世界に憧《あこが》れる気持ちはレスリーの中にもあった。きっとハウスにはないたくさんの音楽が、そこには溢れている。オーケストラを聴いてみたかった。知らない楽譜を弾いてみたかった。

自分で作った曲を、一人でも多くの誰かに、届けてみたかった。

そんなふうに外に広がる世界を夢見ることもあるけれど、レスリーはイザベラがハウスにいるなら、まだ新しい家族のところへ行かなくてもいいと心の中では思い続けていた。

外へ出て、新しい家族のもとへ離れ離れになってしまえば、もうこんなふうに一緒に過ごせなくなる。

他愛ない話に笑ったり、突拍子ない行動に振り回されたり、優しい言葉に励まされたり。

一緒に歌を、歌ったり――。

それは考えるだけで、寂しくてたまらなかった。

レスリーは嘆息する。黙って聞いていたイザベラに、今度こそ部屋へ戻るように伝えようとした。その時、うつむいていたイザベラが口を開いた。

「どうしてレスリー、そんなこと言うの」

「え……」

レスリーは、こちらへ向けられたイザベラの顔に、びくりと肩を揺らした。

イザベラは怒っていた。ランプの明かりの中、いつも明るい笑顔を浮かべている表情が、今は見たこともないほど険しかった。レスリーはびっくりして、言葉を続けられなくなる。

イザベラは強い眼差《まなざ》しでレスリーを見つめた。

「あなたを里子にほしいって、選んでくれたのよ？　私は選ばれなかった。今ハウスにいる他の子達だって、選ばれなかった。なのになんでそんなこと言うの？」

イザベラはそう言うと唇をきつく引き結ぶ。

「ご、ごめんイザベラ……そんなつもりじゃ」

うろたえて、謝罪を口にするレスリーだったが、彼が手を伸ばすより早くイザベラは身を翻した。

「……もうレスリーなんて知らない」

短く言い捨てて、イザベラは部屋を飛び出していった。イザベラ、と呼ぶ声を打ち消すように、扉は閉められた。


自分の部屋の前には、巡視に来たママが立っていた。イザベラは構わず、自分の部屋へ向かった。

背後から現れたイザベラに、ママは取り出そうとしていた懐中時計をポケットへ戻した。

「イザベラ、どこへ行っていたの。もう消灯時間よ」

「ごめんなさい、ママ」

その横をすり抜けて、イザベラは自分のベッドに潜り込んだ。ママはしばらくその様子を見ていたが、「お休みなさい、イザベラ」と言って扉を閉めた。

明かりの消えた室内は、窓から薄く夜空の青い光が差し込んでいた。

周りからはすでに眠りについた兄弟達の寝息が聞こえる。

自分の枕に顔を埋《うず》めたまま、イザベラはさっき自分が口にした言葉を思い出して、胸の奥が痛くなった。

「…………」

（どうして、あんなこと言ってしまったのだろう）

レスリーとケンカをしたのなんて、初めてだ。

冷たいシーツにぎゅっとくるまると、感情的になっていた心が落ち着いていった。急に自分の言ってしまった言葉が、情けなく、恥ずかしくなった。

（レスリーは悪くない……）

「悪いのは私だ」

イザベラは唇を噛《か》み締《し》めた。

里子を辞退したいというレスリーの言葉に、自分の中にある、暗い感情が溢れてしまった。どうしても、抑《おさ》えられなかった。

イザベラは兄や姉を、弟や妹を見送るたび、今度も選ばれたのは自分ではなかった、と心のどこかで感じていた。

もちろんそれを言葉にすることもないし、心の中でさえ、すぐに打ち消していた。みんなイザベラにとってかけがえない、大切な兄弟達だ。外で新しい家族と、新しい生活が始まることが嬉しくないはずがない。それはイザベラにとっても喜ばしいことだ。

けれど他の子が選ばれていく中、自分に声がかからないという事実は、一抹《いちまつ》の不安と劣等感をイザベラに与えていた。

自分には何か、選ばれない欠陥のようなものがあるのではないかと思った。

だから勉強も他のことも、もっとできるようになろうと努力を重ねた。成績は常にトップだったし、率先《そっせん》してハウスの手伝いをし、小さい子達の面倒も見た。ママが自分を評価してくれていることも、イザベラにはわかっていた。

けれどそういった努力をすればするほど、選ばれるのは他の子ばかりだった。

いっそ成績が低い兄弟の方が、次々と里親が決まっていくのだ。

「はぁ……」

イザベラは寝返りを打った。髪を編んだままであることに気づいて、指を入れてほどく。枕に頭を置き直してみるが、眠れそうになかった。

優しいレスリーを、傷つけてしまった。

自分の顔を見て言葉を失ったその顔が、イザベラの脳裏に浮かぶ。自分に向けられたあんなレスリーの顔は、初めて見た。

(レスリーに嫌われたら、どうしよう……)

滲《にじ》みそうになる涙を、イザベラは堪《こら》えた。明日一日しか一緒にいられないのに、そんな時にどうして、とイザベラは自分を責《せ》める。

眠れない頭の中に、レスリーの歌がゆっくりと流れ出す。

「………」

イザベラは小さくその歌を口にしてみた。じんわりと温かさが胸に灯《とも》る。自分にしか聞こえないくらい小さな声で、イザベラは歌い続けた。

(この歌は、子守歌みたいだ)

聴いているだけで心が安らいで、今まで感じていた不安も悲しさも、すぅっと消えてなくなっていく。

明日の夜、レスリーはハウスを旅立つ。

明日がレスリーと過ごせる最後の一日となるのだ。

(ちゃんと謝って、許して、もらわなきゃ……)

そう思いながらイザベラは、いつの間にか眠りの淵《ふち》へと落ちていった。

## 4

午前六時、カランカランと鳴り響く鐘《かね》の音《ね》に、それぞれのベッドから子供達が起き出してくる。

「おはようー！」

「イザベラ、靴紐できないー」

「ねぇ、髪の毛二つに結んでぇ」

懐いている弟がイザベラのところまで来て、紐がほどけたままの靴を見せる。妹はブラシとリボンを持ってきていた。

「おはよう、待ってね、今やってあげる」

起床の鐘より早く目覚めていたイザベラは、すでに服を着替えて三つ編みを編み終えていた。手際《てぎわ》良く弟の靴を履《は》かせ、妹の髪を結んでやる。

小さな子達の面倒を見るのは好きだったけれど、今日は少しでも早くレスリーのもとへ向かいたかった。

廊下へ出て、イザベラは食堂へ移動する兄弟達の中に、レスリーの姿を探した。二階にはすでにおらず、急いで階段を降りていく。その間も兄弟達に次々と声をかけられて、そのたびにイザベラは足を止めなければならなかった。

食堂へ続く廊下に目を走らせ、ようやく壁際を歩くレスリーを見つけた。イザベラは息を吸い込んで、駆け寄った。

「レスリー」

その背中にイザベラは声をかけた。できるだけなにげなく、いつも通りにその名前を呼んだ。

「昨日は、ごめんなさい。怒ったりして」

素直に、謝罪を口にした。言《い》い訳《わけ》や弁解はしたくなかった。

手元のノートに目を落としていたレスリーは、すぐにぱっと顔を上げて、「ううん、僕こそごめん！」と、――そう言ってくれると思っていた。

「……うん」

ノートに顔をくっつけるようにしたまま、レスリーはイザベラのそばを足早に通り過ぎていった。

「あ……」

レスリー、と呼び止めようとしたイザベラの声が小さくなる。廊下に残されたイザベラは、その後ろ姿を追いかけることができなかった。

まさかそんな態度が返ってくるとは思ってもいなかった。イザベラはその場に立《た》ち尽《つ》くす。

（やっぱり、傷つけてしまったんだ……）

自分と口もききたくないくらい怒っているのだと、イザベラは下を向いた。きっと謝れば大丈夫、そう思っていた分、レスリーの反応にショックを隠しきれなかった。

「…………」

レスリーが怒ったところを、イザベラは今まで一度も見たことがない。小さな子達のいたずらに巻き込まれても、生意気なことを言われても、困ったように笑うばかりだ。謝れば、どっちが謝っているのかわからないくらい恐縮する。

そういうレスリーの優しさに、甘えていたのだ。だからあんな言葉を思わず、口走ってしまった。

イザベラは他の兄弟に呼ばれて、ようやく我に返った。

「おーい、イザベラ、手伝って！」

「う、うん」

慌てて返事をし食堂へ駆けつける。イザベラは何でもないように笑顔で食器を並べる兄弟達に加わった。

「いただきます」

全員が手を組み、祈りを捧《ささ》げて食事を始める。

イザベラはスープをすくいながら、離れたテーブルに座るレスリーの様子を、ちらりと見た。いつもなら柔らかな表情が、今日は笑顔がなく思いつめたように強張《こわば》っている。

午前中のテストの時間も、その後の洗濯の時も昼食の時も、レスリーはイザベラと目を合わせることがなかった。時間が経《た》つごとに、その顔は暗くなっているような気がした。

ようやくやってきた自由時間だったが、すぐにレスリーの姿は消えてしまった。

「ねぇイザベラ、レスリーはぁ？」

「どこ行っちゃったの？」

「今日で最後なんでしょ？　遊びたい！」

弟妹達に次々と裾《すそ》を引かれ、イザベラは苦笑を浮かべる。

「……どこだろう。私、探してくるね」

玄関にいたイザベラは、さっと庭を見渡した。庭には、ママのそばで遊んでいる年少の弟妹達と、少し離れた場所でかけっこをしている何人かがいた。レスリーは混ざってはいない。

イザベラは踵を返すと、ハウスの中へ戻った。

音楽室でバイオリンの練習だろうか、あるいは図書室で本を読んでいるだろうか。天気がいいので、自由時間の鐘の音とともにみんな外へ出ていっていた。ハウスの中は、しんとしている。耳を澄ませても、バイオリンの音色は聞こえてこない。

イザベラは階段を駆け上がっていった。

(もう少ししか、時間がないのに……)

図書室にも、寝室にも、レスリーの姿はなかった。ベッドサイドの棚には、昨日イザベラが持っていった本がきちんと並べて積んであった。もしかしてと思って音楽室も覗いたが、中はがらんとしていた。念のため確かめたが、レスリーが弾いていたバイオリンは、ケースに収められたまま棚にある。

「…………」

イザベラは二階の廊下に佇《たたず》んだ。

まるでレスリーがいなくなった後の未来に、一日早く来てしまったような、そんな奇妙な気分がした。

今日が終われば、これはもう、現実なのだ。

足元から寂しさが、冷たい風のように吹き上がってきた。

レスリーがハウスを去る日が決まり、祝いたい気持ちになると同時に、どうしようもなく寂しくもなった。

荷造りをするレスリーのもとで『目標リスト』の存在を知った時、その背を押したのは、レスリーのためというより自分がレスリーと最後に何かしたかったからだ。

けれどそれが裏目に出てしまった。

リストに挑戦しなければ、レスリーはどれも叶えられないと自信を失うことはなかったのだ。そんなレスリーを、自分が責めるようなこともなかった。

それでもイザベラは、レスリーの背を押さなければ良かったとは思えなかった。レスリーは、彼自身が言うような、何もできないやつではない。それは誰がなんと言おうと違うと言える。

レスリーには今まで、たくさんのものをもらってきた。

優しい時間、優しい歌。

だから何か返したくて、手伝おうと思ったのだ。外へ出たら自分ができることは何もなくなってしまう。

「やっぱり、このまま見送りたくない……」

イザベラの口から、言葉がこぼれ出た。

そうだ、もう自分が一緒に何かできる時間はわずかなのだ。こんなふうに、レスリーを傷つけたままお別れになってしまうのは嫌《いや》だった。

「それなら、今、ちゃんと謝らなきゃ」

顔を上げ、イザベラは決然と息を吸い込む。階段を一段飛ばしに駆け降り、大きく玄関を押し開けた。

「イザベラ？」

「どこ行くのー？」

遊んでいた兄弟達が、突然走り出したイザベラの姿に声をかける。だがその声も、あっという間に後ろに遠ざかっていった。

森を目指《めざ》して、イザベラは駆けていく。

すぐ、いつもレスリーがいる丘が見えた。木陰《こかげ》にその姿はない。

「ハァ、ハァ」

立ち止まって周りを見渡す。見える範囲には、誰の姿もなかった。イザベラの周りをゆっくりと蝶が飛び去っていくだけだ。

(あと、残されてるのは……)

イザベラの視線が、生《お》い茂《しげ》る森の木々へ向いた。

ふっと頭に、リストの8番目が浮かんだ。

『森の向こうを見に行ってみる』

「………」

荒れた息を整え、イザベラは思考する。もしレスリーが昨日挑戦できなかったリストの内容に挑《いど》もうとしているのなら、一人で柵《さく》の向こうへ行こうとしているのかもしれない。

思った瞬間には、走り出していた。イザベラは丘を下り、森の中へ足を向けた。ブーツがしっかりと、草地を踏む。森の木立の中へ入ると、途端に空気がひんやりとし、嗅《か》ぎ慣《な》れた緑の匂《にお》いに包まれた。イザベラは迷いなく目印の木や岩をたどっていく。

敷地の中の森は、庭のように慣れ親しんだ場所だが、さすがのイザベラでもこの広さの中ですぐにレスリーを見つけ出すのは難しい。

(まるで、隠れんぼね……)

イザベラは、くすっと小さく笑った。

(でも、必ず見つけ出してみせるから)

イザベラは昨日鬼ごっこで走ったルートをたどっていった。もしレスリーが森の奥へ行くつもりなら、昨日行った場所までは同じ道を進むはずだと思った。

茂みを飛び越え、スピードを落とさず着地する。そこでイザベラは、柔らかい土の上に残る足跡を見つけた。昨日の自分達がつけたと思われる足跡の上に、新しい足跡が一人分、あった。

「これ、レスリーの……?」

イザベラが辺《あた》りを見渡した時、微かな物音と、声が聞こえてきた。

「う……ぐっ」

急いで、声が聞こえた方へ向かった。地面の足跡もそちらへ向かっていた。木の間を抜けたところで、大きな枝が覗く。

昨日自分が鬼から身を隠すために、登った木だった。

その大木の一番下の枝に、レスリーはいた。

「レスリー?」

「あ! イザベラ! どうして……」

驚いたレスリーは、思わず枝を掴んでいた手が緩《ゆる》んだ。その体が枝から落下する。

「わっ!」

盛大に尻もちをついたレスリーは、ぽかんとした顔で、突然現れたイザベラを見た。

「イザベラ……なんでここにいるってわかったの……?」

イザベラは倒れているレスリーに手を伸ばした。おずおずと握ったレスリーの手を、引き上げる。

「リストに『森の向こうを見に行ってみる』ってあったから、それをやろうとしてるんじゃないかなって……」

「ああ、そっか……でもまだ5番で、つまずいてて」

レスリーはすっとイザベラの手を放した。下を向いてしまったレスリーに、イザベラは言いにくそうに口を開く。

「あのね、レスリー、私」

「イザベラ、昨日は……ごめん！」

ためらいがちなイザベラの声に重なって、レスリーが勢いよく頭を下げた。

「え……？」

もう一度きちんと謝りたい、そう思ってここまでやってきたイザベラは、レスリーに先に謝られて目を丸くした。

髪を揺らして大きく頭を下げたレスリーは、息を吐き出すように話す。

「昨日、イザベラに言われて、僕……自分のことばっかりだったなって、反省したんだ。自信がないとか不安とか、そんなことばっかり考えてて、イザベラが悩んでたなんて全然気づけなかった」

ごめんね、とレスリーはもう一度繰り返す。

「それで、全部……は無理だけど、手伝ってもらったものくらいは、ちゃんと達成して、それから謝ろうと思ってたんだ」

レスリーは情けなそうに肩を落とす。

「でもやっぱり、全然だめで……。昨日もあれから頑張って本読んでたんだけど、途中で寝ちゃったし、最後のテストで何とか満点って思って朝からずっとイザベラに教えてもらったところ、復習してたんだけど、やっぱり満点は取れなくて」

でも、今までで一番いい点数だったんだよ！　とそこでレスリーは嬉しそうに破顔した。

「自由時間は木登りの練習に来たんだけど……」

レスリーは自分の土汚れと擦《す》りむき傷だらけの手を見て、苦笑《にがわら》いした。

その姿を、イザベラは見つめ返していた。

何度も木から転げ落ちたのだろう、手だけではなく白い制服もすっかり汚れて、ところどころ破れている。そばかすの浮く鼻にも、こすった後のように土がついていた。汗で貼りつく前髪を、レスリーは片手で拭《ぬぐ》った。

「あの枝までは行けたんだ。イザベラが登ってたところまで、もう少しなんだけど」

頭上の枝を見上げて、指さす。木登りができる、と判定する地点はイザベラが登っていた枝までと決めていた。レスリーは再び、木に掴まった。足をかけ、枝の上に体を持ち上げようと、不格好《ぶかっこう》に膝を伸ばす。

「うぅ……っと」

ずるりと体が下がる。レスリーは顔を真っ赤にして枝を掴んでいたが、手の力が足りず地面に落下してしまう。よろけた体を立て直し、もう一度、とレスリーは枝を握る。

「足はそこにかけても上がれないわ。こっちの枝を使って上がるの」

唐突にイザベラが、木のそばへ来てレスリーに伝えた。

「え……？　あ、ああ、うん！」

下からかかった声に、レスリーは少し驚きながらもイザベラが教えた枝に足を移動させた。体勢が安定する。

枝に掴まりながら、レスリーはちらりと下にあるイザベラの表情を盗み見た。

てっきり、イザベラには幻滅されてしまったと思っていた。もうリストの挑戦になんて付き合ってくれないかと思っていたのに、こんなところまで探しに来て、まだ自分を応援してくれる。

イザベラは幹に手を触れた。

「木登りって、ただ腕の力があるとか身軽とかじゃなくて、登りたい枝までどういうルートで手足をかけていけば到着できるか考える方が大事だと思うの。それがうまく見つけられれば、すごく簡単に登れるものよ」

イザベラのアドバイスに、レスリーは目を瞬《しばたた》かせる。木登りをそんなふうに考えたことがなかった。運動神経も腕力もない自分には初めから向いていないことだと思っていたけれど、そう考えれば少しは難しくなさそうに聞こえるから不思議だ。イザベラの語る木登りは、どこかチェスやパズルを思い起こさせる。そこまで考えて、レスリーはくすっと笑った。

「やっぱり、イザベラだなぁ」

「え？」

「ううん、何でもない」

レスリーは落ち着いて、木をよく見てみた。ゴールの枝へたどり着くためには、その枝の近くに足場が必要だ。あんまり離れた場所では手は届いてもよじ登ることができない。

「えーっと……」

レスリーは慎重《しんちょう》に木の枝やくぼみに足をかけ、上へ登っていった。

「よし……ここまでは、登れた」

とうとういまだ到着したことがない枝の上へ、立った。目標の枝まで、頑張れば手が届く高さまで来た。幹に手を預けたまま、レスリーは思わず下にいるイザベラの方を見た。

「レスリー、下を向いちゃだめ！」

「う、わぁ……た、高い……」

体感したことがない高さに、レスリーは足がすくんだ。急に手に汗が滲み出し、心臓が早鐘《はやがね》を打つ。図ったかのように風が吹き、その体を揺らした。

「……ひっ」

青ざめたレスリーに、イザベラが下から声を張り上げる。

「頑張って、レスリー！」

励ます声に、レスリーは震えながら首を横に振った。幹に体をくっつけ、そのままずるずると枝の上に座り込む。ぎゅっと目を閉じた。

「む、無理だよ……もう、下りる」

「諦めないで！」

そろそろと薄目を開けたレスリーは、まっすぐなイザベラの眼差しとぶつかった。

「そこまで来たのよ！　大丈夫だから、頑張って！」

眩しいものを見るように、レスリーはその顔を見つめた。

その瞬間、今日が最後なのだ、という気持ちが溢れた。

この森でイザベラと、こうして過ごす時間はもう終わってしまう。午後の光が、緑の葉を透かしてイザベラの顔を照らす。

真っ黒な瞳に、その光が映《うつ》っていた。

「うん……」

レスリーは震える手に力をこめた。今いる高さのことや落ちる想像を、頭から追い払う。すくんで言うことを聞かない足で、ゆっくりと立ち上がる。上へ登るための枝を探した。

「レスリー、もう少し」

一人で挑戦していたら、とっくに諦めて投げ出していただろう。レスリーは勇気を振り絞り、幹から手を離すと摑まれる枝へ移った。足をかける。

そうしてようやく、たどり着けるはずないと思っていた場所に、レスリーは到達した。枝に足を乗せて立ち、下を見た。もう今は、怖さはなかった。

「あははっ登れた！　登れたよ、イザベラ！」

「ほんと！　すごい、レスリー！」

歓声を上げて、イザベラは頭上を見上げたまま飛び跳ねた。

「あっ、イザベラ、そこ、危ない！」

上から見下ろしていたレスリーは、イザベラの足元にある枝に気づいた。折れた枝が、ちょうど足を下ろした場所にあった。

いつもなら軽やかに飛び越える些細《ささい》な障害物だったが、上だけ見ていたイザベラは足を取られた。レスリーはまだ木の上におり、そこからただ見ていることしかできなかった。

「えっ？」

「イザベラッ！」

足首がおかしな方向へ曲がり、その体が、大きく後ろへ倒れ込んだ。

## 5

日が傾いた森の中を、レスリーは一歩一歩と歩いていく。

「レスリー、大丈夫？　重くない？」

「大丈夫……だよ」

イザベラを背負って、レスリーはハウスへ帰ろうとしていた。

気づけば明るかった森にも薄暮《はくぼ》が迫り、見上げる枝葉の間から、色づいた雲と空とが透けていた。

カランカラン、と遠くで集合を告げる鐘が鳴った。

あの瞬間、イザベラはバランスを崩して後ろへ転倒した。悲鳴を上げたのは樹上にいたレスリーの方だ。すぐに立ち上がったイザベラは「平気よ！」と笑顔を向けたが、右足を地面に着いた時、顔をしかめてよろめいた。

「イザベラ、大丈夫⁉」

レスリーは慌てて枝から下りようとしたが、時間がかかってしまい、その間にイザベラの足はみるみる熱を持って腫《は》れ始めた。「そこまで痛くない」と言うイザベラに、隣に立ったレスリーは自分の方が怪我をしたように顔をしかめた。

「無理しないで」

レスリーはイザベラの前にしゃがむと、背中を向けた。その後ろ姿を見て、イザベラは首を傾げた。

「レスリー何してるの？」

「えっ」

しゃがんだまま振り返ったレスリーは、不思議そうにしているイザベラの顔に口をぱくぱくさせた。

「あの、イザベラ、歩けないかと思って……」

そう説明するが、その表情から察するに、どうやらイザベラには不要だったようだ。急におんぶしようとしている自分の格好が間抜けに思えて、レスリーは顔を赤くする。

「だ……大丈夫なら、いいんだ！」

立ち上がろうとしたレスリーの肩に、イザベラは手を置いた。

「ううん。……ありがとう」

イザベラはレスリーの背中に自分の体重を預けた。しっかりと摑まったのを確認して、レスリーは立ち上がろうとした。その途端、ぐらりと前のめりになる。

「わっレスリー！　やっぱり下りる⁉」

「だ……大丈夫！」

体勢を立て直したレスリーは、足元を確認しながら、ゆっくりと森の中を歩き始めた。

夕暮れの迫るハウスの前には、子供達が集まっていた。

「あ、二人とも戻ってきた！」

懐中時計を持ったママが、子供達の声に顔を上げた。森の中から、イザベラを背負ったレスリーが歩いてくるのが見えた。兄弟達は歓声を上げて二人に駆け寄っていく。

「イザベラ、どうしたの？」

「森の中で、足くじいちゃって」

レスリーの背中から、イザベラはゆっくりと下りる。右足を浮かせて、片足立ちになった。えぇーっ！　と周りから心配する声が上がり、同時にその視線が、隣に立つレスリーに向いた。

「ずっとおんぶしてきたの？　レスリーが？」

「すごーい！」

周りを囲んだ弟や妹から、次々と驚きと賞賛の声をかけられて、レスリーはたじたじになった。

「そ……そんなことないよ」

子供達の後からやってきたママは、怪我をしているイザベラを見てはっと眉を寄せる。

「イザベラ、見せてみて」

正面に膝をついて、その足首を確かめた。腫れてはいるが骨は折れていないようだ。

「……捻挫《ねんざ》みたいね。医務室へ行きましょう」

立ち上がったママは、隣に立っているレスリーへ向き直る。心配そうにイザベラを見ている少年へ、手を伸ばした。

「レスリー、頑張ったのね」

ママに頭を撫でられて、レスリーは「わっ」と思わず声を上げる。そんなふうに褒めてもらえると思っておらず、両手で頭を押さえたまま目をぱちくりさせる。

「がんばったー！」

「えらいねー」

ママのそばにいた妹や弟が、次々とママの真似《まね》をしてレスリーの頭を撫でようとする。しゃがんだレスリーは、その髪をもみくちゃにされながら「ありがとう」とくすぐったそうに笑った。

「さ、イザベラ」

ママに支えられて歩き出したイザベラは、膝をついたままのレスリーを振り返った。小さな声で伝える。

「レスリーごめんなさい。結局リスト、全部叶えるの手伝えなくて」

申し訳なさそうに眉を下げたイザベラに、レスリーは立ち上がり、首を振った。

「ううん、十分だよ」

リストの6番目と7番目は、一度に叶った。

『弟妹達をあっと驚かせる』

『音楽のこと以外で、ママに褒められる』

医務室へ向かうため、イザベラはママとともに歩き出した。その後ろ姿を見つめたまま、レスリーは笑みを浮かべ、もう一度呟いた。

「…………十分すぎる、くらいだ」

レスリーは黒く塗り潰したリストの10番目を思い出した。

まさか、叶えられるとは思っていなかった。

疲れて、だるくなっている自分の細い腕を見つめた。背中に預けられた温かい体温が蘇《よみがえ》る。自分の腕をそっとさすり、レスリーは静かに顔を持ち上げた。

兄弟達が、笑ったり喋《しゃべ》ったりしながらハウスの中へ帰っていく。その光景を、レスリーは一番後ろから見ていた。ハウスの玄関から漏《も》れる光、夕暮れの庭と、家族の声。

ずっと当たり前だと思っていた風景が、今はとても美しく思えた。

ハウスを旅立つことが決まってから今までのことが、目まぐるしく浮かび上がっていく。

手帳を落としたことがきっかけで始まったリストへの挑戦だった。

一緒にバイオリンの練習をしてくれた。音楽室に、自分の出す音以外の、拍手や笑い声が響くのは不思議な気分だった。

テストの勉強も教えてくれた。イザベラの言っていることは、やっぱり最後までちんぷんかんぷんだったけれど。

森の中を、息を切らして走った。木を掴んで擦りむけた手のひらが、まだ少しだけ痛い。

夜中に一緒に本を読んだ。初めてケンカをした。

リストを達成して謝ろうとしたけれど、そんなことできっこなくて。

でもちゃんと仲直りできて良かった。

それに木登りは成功した。あの高さから見た景色を、レスリーはずっと覚えていようと思った。

今日、大好きな女の子を、背負って歩いたことを。

「…………」

レスリーは一度胸に手をやると、ハウスの玄関へ駆け戻っていった。

大事に大事に、最後の思い出を胸に仕舞った。

## 6

夕食の席には、イザベラも戻ってくることができていた。包帯で固定された足は痛々しかったが、本人はけろりとしている。夕食の片づけも、他の子が代わると言う中、いつも通りやっていた。

「レスリー、準備できた？」

「うん」

夕食を終え、出発する時間が近づいていた。

レスリーはトランクに荷物を詰め終えた。準備をしていたので、荷造りに手間取ることはなかった。兄弟達からの贈り物をたくさん詰め込んだトランクを、レスリーは満足げに見つめる。

その横には、バイオリンが置かれていた。

どうしても弾き慣れたこのバイオリンを持っていきたくて、ママに頼んでいたのだ。最初は困った顔をしていたママも、めったに何かをねだったりしないレスリーのお願いに、苦笑交《ま》じりに承諾《しょうだく》した。

たくさん思い出の品を詰め込んだトランクの、一番上に、リストを書いた手帳を置いた。

そしてレスリーは、ぱたんとそのふたを閉じた。留《と》め金《がね》をかけて、取っ手を握り持ち上げる。トランクに、入っているもの以上の重みを感じる。

「新しい服も、似合うね」

イザベラに言われて、レスリーは今着ている制服を撫でた。

「そう、かな」

もう白の制服ではなく、ジャケットと揃《そろ》いの上下の制服に着替えていた。ネクタイなんて、初めて締めた。(曲がってないかな?)そう思ってさっき鏡で見た自分が、今までより大人《おとな》びて見えた。レスリーは小さく笑みを浮かべる。

もう、ハウスを去る心細さはなくなっていた。

トランクとバイオリンケースを両手にそれぞれ提《さ》げて、階段を降りていった。下で待っていたママが、トランクを受け取る。

「レスリー、元気でね!」

「お手紙書いてね」

玄関に集まった兄弟達が、次々と見送りの言葉をかける。レスリーは一人一人に挨拶《あいさつ》をしていった。

イザベラは、その姿をそばでずっと見ていた。

「イザベラ」

玄関の前に立ったレスリーは、最後にまっすぐに少女へ向き直った。バイオリンケースを片手に、イザベラへ告げる。

「イザベラ、僕、新しい家族のところに行っても音楽続けるよ」

レスリーはもう、自信なさげに視線を伏せることはなかった。その瞳には決意と希望が、静かに宿っている。

「音楽の勉強たくさんして、色んな曲を作りたいんだ」

うん、とイザベラは頷く。

「新しい歌ができたら、楽譜にして手紙と一緒に送るよ」

「わかった。じゃあ音符の読み方、勉強しなきゃ」

笑い返したイザベラに、レスリーはそこでいつもの、照れた顔に戻った。

「それであの、一人前になったら……」

はにかんだ頰のまま、レスリーは笑った。

「必ず、会いに行くから」

その約束に、イザベラは嬉しそうにもう一度頷いた。そして潑剌《はつらつ》とした笑顔を浮かべる。

「うん。忘れないで。次に会う時は、私がレスリーのこと助けるから」

今日は助けられちゃったから、と笑うイザベラに、レスリーは目を丸くする。

「え？」

今までこんなにいつも、助けられてきたのは自分の方なのに。

イザベラにとって、誰かに手を差しのべることは、誇るような特別なことではないのだ。目標になんか掲げなくても、それが当たり前のようにできてしまう。レスリーはおかしくなって、思わず声を漏らして笑った。不思議そうにするイザベラに、レスリーは言った。

「イザベラはきっと特別なんだよ」

あの夜、イザベラが吐き出した気持ちをレスリーは忘れていなかった。何でも完璧にできて明るくて、強い女の子だと思っていた。けれど心の奥底に、誰にも言わないまま、不安を隠していた。

レスリーははっきりとした声音《こわね》で伝えた。

「特別な子は、特別な家の子になるんだ。きっと、イザベラにふさわしいお家《うち》がどこかにあるんだよ」

そうだよね、と窺《うかが》うようにレスリーは斜め後ろに立っているママを振《ふ》り仰《あお》ぐ。

「……ええ。その通りよ」

ママはレスリーの言葉に微笑を浮かべ、深く頷いた。

イザベラは、レスリーの言葉を胸の中で繰り返す。（特別な家の子になる……）そう思うと――そうレスリーに言ってもらうと、イザベラは胸の奥がすっと軽くなるような気がした。

「うん……ありがとう、レスリー」

レスリーの後ろで、ママが出発を促《うなが》した。

「じゃあ、みんな、元気でね」

見送りに集まっている兄弟達の顔を、レスリーは見渡した。イザベラは思わず、その手を摑んでいた。

「レスリー。私、レスリーの歌、忘れないから」

びっくりしたように目を見開いたレスリーは、すぐにあの笑顔になる。ひかえめで優しい、いつもの笑顔で頷いた。

「ありがとう。じゃあ、またね」

ぎゅっと握り合っていた手が、どちらともなく離れていく。

未来での再会を誓って、レスリーはその手を兄弟達に——そして大好きな女の子へ、振った。

## 7

玄関の扉が閉まった。

レスリーは振っていた手を下ろした。扉を見つめ、もう二度とここから中へ入ることはないのだと、せつない気持ちを噛み締める。

「行きましょう、レスリー」

トランクを持ったママが、先を歩き出した。返事をして、レスリーもその後へ続く。

ハウスから漏れる明かりが、ゆく道を照らしている。その光もやがて届かなくなった。

それでも夜道は、レスリーが想像していたほど暗くはなかった。

空が明るい。そう思って頭上を振り仰いだ時だった。

「わ、ぁ……」

満天の星空に、いくつも、いくつも、流れ星が走っていた。

群青色《ぐんじょういろ》の夜空に、白い光が埋め尽くすほど散らばり、その光の中を、尾を引いた星が次々に流れていた。

流星群だった。

レスリーは空を見上げたまま、言葉を失ってその場に立ち尽くした。色の薄い瞳に、無数の星の光が映り込む。

「レスリー、何してるの」

後ろをついてこないレスリーに、ママは怪訝《けげん》そうに振り返った。その視線が頭上にあるのに気づいて、自身も空を見た。

「ああ……流れ星」

「ママ、少しだけ時間をちょうだい」

星空に目を奪われていたレスリーは、弾《はじ》かれたようにバイオリンのケースを地面に置いた。ケースを開けて中からバイオリンを取り出す。

「……レスリー、何してるの？　時間がないわ」

頭上の様子にいっとき目を奪われていたママは、すぐに目線を戻してレスリーをたしなめた。

その言葉を無視し、レスリーはバイオリンを肩に乗せた。角度をつけて、弓を持つ。ママの言うことを聞かなかったのは、初めてだった。

息を吸い込み心を静めると、弦の上へ、構えた弓を走らせた。

夜想曲《ノクターン》第二番。美しいバイオリンの調べが、星空の下に響き渡る。

（届け……）

念じて奏でた16分音符は、一音もずれることなく弾くことができた。

## *8*

レスリーの去っていった玄関の扉を、イザベラは立ち去りがたく眺めていた。

もう二度と、この扉を開けて、レスリーを出迎えることはないのだ。

行ってしまった、とイザベラは思う。明日からは、レスリーがいなくなったハウスでの暮らしが始まるのだ。

「…………」

イザベラは扉をじっと見つめ続ける。

今までも、仲良しの兄弟達をたくさんここから見送ってきた。彼らがハウスからいなくなってしまうのは寂しかったけれど、その寂しさと、今の気持ちは似ていてもどこかが違った。

イザベラは最後に「またね」と言ってくれたレスリーの顔を思い出す。握った手の温かさを確かめるように、自分の片手で指先をくるむ。

寂しさを、イザベラは無理矢理笑って振り払った。

(約束したじゃない)

「いつか必ず……」

必ずまた、レスリーに会おう。

ハウスの外で、レスリーと再会を果たす。イザベラの中で、外へ出てからやりたいことの一つが増えた。そこまで考えて、イザベラは微笑んだ。

(ハウスを出たらやりたいことのリストでも、書こうかしら?)

「ねぇイザベラ、お外から綺麗な音が聞こえてくるよ」

唐突に弟にスカートを引かれて、イザベラは我に返った。

「え？」

耳を澄ませると、確かに何かの音色が聞こえる。（これって……）イザベラの中の記憶と、その曲は重なり合う。微かな音だが間違いなかった。

これは、レスリーのバイオリンの音だ。

（夜想曲第二番……）

一階の窓からでは姿が見えない。イザベラは瞬時にそう考えて、二階へ上がった。いつものように駆け上がろうとして、くじいた足がずきりと痛んだ。後ろをついてきた幼い弟が、心配げに声をかける。

「イザベラ、どこ行くの？　大丈夫？」

「うん。ねぇ、二階の窓を開けてきて」

慕う姉からの頼みに、わかった！　と弟から元気のいい返事が返る。イザベラはもどかしげに、片足を引きずって階段を上がっていく。

「この音……」

「すごい綺麗」

二階にいた兄弟達は、開けた窓から入ってくる音に気づき、一人また一人と寝室の窓へと近づいていった。

イザベラも駆けつけ、その開いた窓から外を見た。格子《こうし》の向こうへ、目を凝らす。

二階から見ても、そこにレスリーの姿を見つけることはできなかった。

だが、視界を埋める夜空は見えた。イザベラは息を呑《の》んだ。丘の向こうに広がる夜空に、いくつもいくつも、星が流れていた。

「すごい！　流れ星だぁ！」

「初めて見たぁっ」

窓辺《まどべ》に集まった兄弟達が、みんな興奮した声を上げる。

遠くから届くバイオリンの旋律に重なり合うようにして、夜空を埋め尽くす星が、次々に白い軌跡を残して光った。

「すごい、レスリー」

聞こえてきたバイオリンは、レスリーがいつもミスしていた部分まで完璧だった。

リストの1番目を、そして不可能なはずだった9番目を達成したのだ。

『夜想曲第二番を弾けるようになる』

『流れ星を見せる』

ふいにイザベラは気がついた。

今まで何とも思わなかったが、このリストの言葉はどうして『流れ星を見る』ではなく『流れ星を見せる』なのだろう。

(誰、に……?)

もしかして、と思い浮かべた想像にイザベラは首を振った。それからくすっと笑い、全部また、会った時に聞いたらいいのだと思った。

それはずっと先のことだけれど、必ずいつの日か、やってくる未来なのだから。

窓の外をまだ、流星は途切れることなく流れ続けた。

星降る夜に、レスリーは美しい音色とともに、旅立った。

＊　＊　＊

ハウスの燃える音が戻ってくる。

イザベラは夢うつつのような気分で、手の中にある紙きれを見下ろしていた。

あの日々は、ほんの昨日のことのように思えるのに。

イザベラはこうして思い出しても、もう涙一つこぼれない自分に苦笑した。

あの時——真実を知り、レスリーがもうどこにもいないと知った時、濁流《だくりゅう》のように襲いかかってきた悲しさも悔《くや》しさも今は鎮《しず》まり、ただ胸の中に荒涼《こうりょう》とした場所が広がっているだけになった。

今思い出せば、何も知らなかった日々はなんて眩しく、幸福だったのだろう。

無邪気に外にあるはずの幸せを信じ、兄弟達の門出《かどで》を祝い続けてきた。

自分はあの時、里子を辞退したいと言ったレスリーのことを叱咤《しった》さえしたのだ。もしレスリーがハウスを去る日が延期されていたら、助けられただろうか。そこまで考えて、イザベラは緩慢《かんまん》に首を振る。レスリーが何を言っても、出荷は変わらなかったはずだ。それは飼育監の立場になったからわかる。

あの時、こうしていればという後悔は、全て無意味だ。

「…………」

冷たい夜気を大きく吸い込み、イザベラは空を仰いで目を閉じた。あの日、雪の降る森を駆け抜けた少女のことを思い出す。

少女は一人きりだった。

兄も、姉も、弟も、妹も、そのそばにはいなかった。

一人で、高くそそり立つその塀の上に立った。

「ああ……そうね」

イザベラは目を開けた。力なく微笑む。

そうだ、思えばレスリーの代わりに、リストの8番は達成したのだ。自分は、『森の向こうを見に行く』を、図らずも果たした。

森の向こうにあったのは、決して越えられない闇色の現実だった。

どれだけ待っても、レスリーから手紙は届かなかった。外へ旅立った兄弟達はみんなそうだ。きっと外での暮らしは毎日楽しくて充実していて、ハウスでのことなど忘れてしまったのだ。拗《す》ねた弟や妹達は、そう言って憤慨《ふんがい》していた。

だがイザベラは、レスリーに限って、それはないと言いきれた。

(新しい歌、送るって言っていたのに……)

レスリーに宛てた手紙も何通も何通もママへ託したが、返事が届くことはなかった。外で、何かあったのではないかと、イザベラは一向に返ってこない手紙に不安に駆られた。

(レスリーに、会いたい……)

そう願えば願うほど、言葉にできない胸騒ぎのような感覚に襲われた。自分は何か、肝《かん》心《じん》なことを見落としているのではないかと、焦燥《しょうそう》感が募《つの》っていく。

その年の冬、最初の雪が降った日、イザベラはハウスの規則を破った。

禁じられていた、森の中の柵を越えた。

レスリーに会いたい。その一心だった。手紙が届かないなら、届けに行けばいい。居ても立ってもいられず、イザベラは誰にも言わず、たった一人で行動に移した。

住所もわからない、ハウスの外に頼れる人もいない。それでもイザベラは、突き動かされるように森の中を駆け抜けていった。

(レスリーに、何かあったんじゃないのか……)

あの別れの夜、約束したのだ。

次は自分が助ける番だと。

森の果てでイザベラは、どこまでも続く壁に突き当たった。少し工夫すれば、その塀を乗り越えることは、イザベラには難しいことではなかった。暗くなるのを待ち、再び塀へとやってくる。ここを越えれば外だ。かじかむ手も、冷えた頬も、イザベラは気にならなかった。

「レスリー、待ってて……」

塀の上に、イザベラはたどり着いた。

そこに立ち、広がっていた光景を目にし、イザベラは静かに息を呑んだ。

月明かりに照らされ、塀の下には、雪を透かしてどこまでも真っ黒な奈落が広がっていた。見渡す限りどこまでも、塀に沿って崖《がけ》は続いている。

これは、なんだ。

イザベラは呆然とその光景を眺め、感覚のない手を握り合わせた。自分の指は、寒さのせいではなく細かく震えていた。明確な意図を持ってその塀と崖とが作られていることを、イザベラは理解した。

自分達の暮らす世界と、外とは、〝何か〟によって分断されている。

外からの侵入を防ぐため……？　いや、そうだとしても――これは異様だ。

「イザベラ……」

雪だけが舞い散る静寂《せいじゃく》の中、その声が塀の下から響いた。イザベラは振り返った。

自分が上がってきた場所には、ママが立っていた。

「ママ……？」

どうして自分がここにいることがわかったのか。目の前のこの崖は一体何なのか。ママに問いたいことはたくさんあった。

ママはいつもと変わらず、薄く微笑をたたえたまま、口を開いた。

「全て教えてあげましょう。降りてらっしゃい」

そうして彼女は、少女にこの世界の真実を語った。

イザベラは心が追いつかないまま、頭だけが冷え冷えと冴えて、急速に物事を繋げていくのを感じていた。

越えてはいけない森の柵、毎日のテスト、首の番号、誰からも届かない手紙――。

（ああ……そうか……）

ずっとどこかで、何かがおかしいと感じていた。

胸騒ぎの正体に、行きついたのだ。だが心はたやすく、その現実を受け入れることはできなかった。

（もし、そうなら……レスリーは……）

ママは悠然《ゆうぜん》と微笑み、少女の肩へ手を置く。そしていっそ誇らしげに告げた。

「私は、あなた達を心から愛しているのよ……？」

イザベラ、と優しげに名前を呼ぶ。

「レスリーは、幸せだったわ」

そう言って、ママは片手に持っていたものを差し出した。手渡されたものを見て、イザベラは凍りついた。

「……………っ」

――それは、レスリーの手帳だった。


イザベラはママから知らされた事実と、ハウスの現実とを照らし合わせていった。

雪が積もったと無邪気に喜ぶ弟妹達を眺めながら、イザベラはここから脱獄する方法を考えた。

タイムリミットは自分の12歳の誕生日まで。もうそれは、カレンダーに印をつけられるほど差し迫っていた。

イザベラは何事もない顔をして過ごしながら、無数の計画を立て、自《みず》からそれを破り捨てた。脱獄など不可能だ。そう叫ぶと同時に、諦めてなるものか、と歯を食いしばった。

受け取ったレスリーの手帳は、引き出しの奥に隠していた。

同室の兄弟が寝静まってから、イザベラはその手帳を取り出した。表紙をそっと撫でる。

「……レスリー」

指が震えて、ページはどうしてもめくることができなかった。

荷造りをするレスリーの傍《かたわ》らで、これを拾った時のことを思い出す。恥ずかしそうに笑った少年の顔が蘇り胸に刺さる。イザベラは溢れそうになる涙を抑《おさ》えつけた。

（どうして……）

レスリーが死ななければいけなかったのか。イザベラの胸には、あの日平然と笑ったママへの憎悪が湧《わ》く。

レスリーは幸せだったと、ママは言った。

何も知らずに、外への希望を抱《いだ》いて、ハウスでの日々を暮らせたのだから、と。

その瞬間を迎えたレスリーの姿を、イザベラは想像する。旅立つ夜、音楽の勉強をすると言って微笑んだ。あんなに一生懸命練習していたのに。生きていれば、素晴らしい歌をたくさん作っていたはずなのに。

（ふざけてる……）

そんなふうに人生をむざむざ奪っておいて、心から愛している、なんて。イザベラは怒りで目の前が赤く染まるような心地がした。

鬼達の食料にされると知りながら、子供達を育てることが、本当の愛情のわけがない。真に愛しているのなら、鬼の手から、子供達を外へと逃がすはずだ。

（私は絶対に……農園の思い通りにはならない）

だが感情ではまだ勝つ道があると自身を奮《ふる》い立《た》たせながらも、理性の部分が、もうこの戦いに打つ手は残されていないことを告げていた。どんな方法も、一人では実行に移せない。イザベラに力を貸してくれる兄弟はいなかった。最年長のイザベラは、自分を慕う弟や妹達に、心を殺して笑い返すことしかできなかった。

チェックメイトだった。

諦めずに戦ったところで、自分も、そして兄弟も、無駄死にするだけだ。勝ち目はない。

もし、あるとすればそれは……

「生きてやる……」

イザベラは、自分にできる唯一《ゆいいつ》の抵抗を選んだ。食料になどならない。人として、どこまでも生き抜いてみせる。

(生きてさえいれば、もしかしたら——)

レスリーと、再会できるかもしれない。

それはイザベラ自身でさえ、ありえないと打ち消してしまうような未来だった。手帳を渡された時点で、レスリーの死は確定している。

それでもどうしても、イザベラは希望を捨てきれずにいた。

レスリーに、どこかで生きていてほしかった。

12歳を迎え、イザベラは白い制服を脱ぎ捨てると、ママとともに門へ向かっていた。その夜は星一つ見えず、カンテラの明かりだけの暗い暗い夜道だった。

これから先は、外での暮らしが始まる。

あの日レスリーが大切に持って出た手帳は今、イザベラのトランクの中だ。全てを覚悟した顔でイザベラはママとともに門の前に立った。

そこでイザベラは、この世のものとは思えない怪物を見た。

黒々とそそり立つ異形《いぎょう》の姿。その姿に、イザベラは小さな星のように抱いていた希望が、完全に消えるのを感じた。

（ああ……）

レスリーが、食料になったなんて、信じたくなかった。

だがこれが現実だ。

人を食う化け物は今、こうして自分の目の前にいる。

（ならレスリーは……本当にもう）

イザベラは、その手のひらに爪が食い込むほどきつく拳《こぶし》を握った。涙だけは見せたくなかった。

（レスリー、私はもう、二度と泣かない）

悔しさに、イザベラはその怪物を睨《にら》み上《あ》げる。

（私は、私だけでも、食べられない人間として生き残ってみせる）

〝鬼〟はその、新しいシスター見習いとなる子供の名を呼んだ。

「Ｎｏ．７３５８４。イザベラ……本日よりシスター候補として本部へ移送する」

そしてハウスを去り、飼育監となる道を選んだ。

イザベラは間近にした〝鬼〟達の姿にも怖《お》じなかった。連れていかれた〝本部〟のシステムにもすぐに順応した。

そこに集められた同じ境遇の少女達を、蹴落《けお》としていくことに躊躇《ちゅうちょ》はなかった。

生き残ると決めたのだ。

感情は全て切り捨てた。――つもりだった。けれど自分で思うほど、それはたやすくできるはずがなかった。

一人になった時、イザベラは何度も悲しみに崩れ落ちた。助けられなかった兄弟達の顔、自分だけが生きている現実、あの日のレスリーの姿が蘇ってきて、絶望の中から立ち上がれなくなった。

そのたびに、レスリーの歌を唇に乗せた。歌はいつまでも色褪《いろあ》せず優しかった。イザベラは自分一人だけになってしまった声で、いつまでもその歌を歌い続けた。

その歌が、生きるのを諦めそうになる自分を癒し、慰め、奮い立たせた。

全ては生き残るため。

食べられない人間として、自分の能力を認めさせる。

子供でさえ、そのために産んだのだ。

「う……ん……」

毛布にくるまっていた子供の一人が、身じろぎする。うなされるように、苦しげな寝顔で声を漏らす。

「フィル」

イザベラが声をかけたのと、幼い顔が目を開けたのは一緒だった。自分の声に、フィルの肩がびくっと跳ね上がる。一瞬何が起こったのかわからないような表情でイザベラを見つめ、それから見る間に緊張していった。

イザベラは静かにその頭へ手を伸ばした。

「……寒いでしょう。こっちに入りなさい」

自分のそばの毛布を持ち上げる。フィルは少し戸惑ってから、イザベラの隣に座った。くっつきはせず、けれど隣に並んで。

「お家《うち》、燃えちゃったの……？」

遠くに見えるのは、もはやそれが生まれ育ったハウスであるとは思えないほど、燃《も》え朽《く》ちた建物だ。

「そうね」

イザベラもまた、言葉少なくぽつりと答える。

「ママ」

その呼び方に、イザベラは目を細める。ふと、記憶の中の子供の声と重なった。その男の子は6歳で、そう呼びかけて尋ねたのだ。

〝なぜ俺を産んだの？〟――と。

「さっきの歌、もう一度、歌ってほしいな……」

疲労には打ち勝てず、一度目覚めたフィルも再び瞼《まぶた》が落ち始めていた。こく、こく、と前に倒れそうになる体を、イザベラはそっと自分の膝へもたれかけさせる。

「……ええ、いいわよ」

唇を、もう何度目かわからない歌い出しの音が滑り落ちていく。

歌とともに、六年前の記憶が、まざまざと蘇る。

あの日この歌を歌っていたのは6歳の、レイだった。

（どうして……）

イザベラは自分を囲むようにして眠るハウスの子供達を見つめる。この子供達もみな、自分と同じ境遇のシスター達が産んだ子なのだ。

それでも、こんな巡り合わせがあるだろうかと、何度も思った。イザベラは自嘲の笑みを浮かべる。

十一年前、ハウスにやってきた黒髪の赤子が、まさか自分が出産した子供だとは夢にも思わなかった。同じ時期に入ったエマやノーマンとともに、〝本当の子供のように〟愛情を注いで育てようと思った。

あれはレイの6歳の誕生日だった。

門の前、森の端で一つの発信器が〝故障〟を知らせた。イザベラは他の子供が不審がらないよう気を遣《つか》いながら、その場所へ駆けつけた。

そこにいたのは、本を膝に、木の根元に座っているレイだった。

レイは、小さな声で歌を歌っていた。

最初はよく聞こえず、わからなかった。だが近づいて、イザベラはその場に足を縫《ぬ》い止《と》められた。

「レイ……その歌どこで……」

レイが歌っていたのは、レスリーが作ったあの、名もなき歌だ。

知っているはずがない。イザベラは今日までずっと、レスリーとの約束を守り続けていた。

〝みんなには内緒ね〟

レスリーはそう言って指を口に押し当てた。

だからハウスにいる間に誰にも教えることはなかったし、大人になってからも絶対に一人きりの時にしか歌わなかった。

一人、きりの時にしか……。そう思って、イザベラはそうではなかったことに思い至った。あの時は、自分だけではなかった。

もう一人、いたではないか。

イザベラは本部で、大きくふくらんだ腹部をさすっていた時間を思い出した。

（そんなはず――）

こちらを見上げるレイの顔が、ほんの少し寂しそうに笑みのかたちを作った。

イザベラは絶望した。

その瞬間、ずっと完璧にかぶり続けてきたイザベラの仮面が剝《は》がれ落《お》ちた。それはあの日、鬼側の手を取った時から、初めてのことだった。一瞬だけその表情に、世界の真実を知った時の、少女の苦悩が映し出された。

「わかっちゃったんだ。ハウスの正体」

レイは静かな声で切り出した。その落ち着いた声のまま、幼いレイは言った。

「どうする？　殺す？」

イザベラはじっとその瞳を見つめ返した。六年前に自分が産んだ子供と対峙《たいじ》する。その耳の傷から、赤い滴《しずく》が滲んで落ちる。

「ママ……取り引きしたい」

そう言ってレイが提案したのは、自分を内通者として使ってほしいというものだった。子供達の群れに混ざって、内側から見張る番犬になると志願した。その代わり、即出荷はしないでほしい、そして報酬《ほうしゅう》が欲しいと言った。ハウスにはない〝外〟のものが手に入るようにしてほしいと。

「報酬は仕事の内容と出来次第よ」

仮面はすっかり取り戻していた。イザベラは一部の隙《すき》もない冷酷《れいこく》な微笑を湛《たた》えて、レイに伝えた。

レイは一度手元の本へ視線を落とした。何かを考えるように黙った後、ゆっくりと顔を上げた。

イザベラはその、自分と同じ色をした瞳と見つめ合った。

「ねぇ……なぜ俺を産んだの？」

お母《マ》さん《マ》。

その呼び方が、孤児院の母親役を呼ぶ時のそれではないことが、イザベラにはわかった。

そしてそう呼ばれる資格が、自分には何一つないことも。

幼い子供を見下ろし、イザベラが口元を歪《ゆが》めた。

「〝私が生き延びるため〟よ」

イザベラはそう言い放った。

嘘《うそ》ではなかった。

（これでいいのよ……）

その言葉で、関係は確定した。

レイはこちらを利用するだろうし、自分もまたレイを利用するだけだ。それぞれの策略のために、均衡《きんこう》を保って、利用し合うだけだ。

自分達は、母と子などではない。

それでも時々ふっと、レイが幼い頃の自分に似ていると感じることがあって、イザベラは不思議な気分がした。

本を読む時のページのめくり方や、チェスの手癖、濡《ぬ》れた髪の感じや、爪の形が。

イザベラはレイに対して、我《わ》が子《こ》という特別な意識を持っていない。だが全て初めから知っているレイは、憐《あわ》れだと思った。この子には、ここを幸せな孤児院だと思って過ごせる時間は与えられていない。

それだけは、イザベラにはどうしてやることもできなかった。

12歳の夜、門でママと交わした会話を思い出す。

本部を——農園の仕組みを知ったからこそ、イザベラはあの時の自分の反駁《はんばく》がいかに無謀《むぼう》な絵空事であるかを悟った。

鬼達から子供を救い出し、外へ逃がすなんてことはできるはずがない。

自分がそんなふうに身勝手な理想を掲げて足掻《あが》けば、子供達に待っているのはただ過酷《かこく》で——そしてあまりに短く儚《はかな》い人生だけだ。

どちらが残酷か。

愛しているのなら、子供達に与えるべきは一年でも長く生き、何も知らずに過ごせる時間だ。

他の子供には、たとえ仮そめであっても、幸福な時間を作ることができた。深い愛情、たくさんの思い出、他愛ないことで笑い合える平和な暮らし。自分がレスリーと過ごした日々のような、心穏やかな毎日をイザベラはこのハウスでも再現した。

レイには与えられなかったそれら。

それはしかし、エマとノーマンが彼に用意した。レイを、自分達と同じ場所へと連れ出した。もちろん現実を忘れられるはずはないけれど、二人に手を引かれて兄弟達と遊んでいる時だけは、レイは幸せな時間を共有できていたはずだ。

イザベラはずっとそれを見てきた。

エマも、レイも、そしてノーマンも。ギルダもドンも。アンナもナットもトーマもラニオンもみんな——胸に抱いてハウスへやってきた日を、昨日のことのように覚えている。

（普通に愛せたらよかった）

塀の向こうへ脱獄を果たした子供達を見送り、イザベラはそう心から思った。

飼育監と食用児ではなく、ただの母と、子として。

商品としてではなく、成長を願って大切にはぐくみ、慈《いつく》しめたら良かったのに。イザベラは夢を見るように考える。諦めることに慣れた心では、そんなことを願うことすら、もうずっと忘れていた。

（最後に、少しでも自由への手助けができて、良かった……）

あの夜、本当に愛しているのなら、鬼の手から逃がすはずだと胸の内に叫んだ12歳の自分に、イザベラはようやく報《むく》いることができた。

イザベラはやるせなくリストを見下ろす。

レスリーと過ごしたあの日々から、本当に全てが、あっという間だった。

あの頃は大人になった未来なんて、ずっと来ることがないと思えるくらい、永遠に先のことだと思っていたのに。今自分は、その未来にいる。

想像もしなかったかたちで。

そしてこれより先の未来はきっともう——ない。

「それでも、いいか……」

イザベラは眠る子供達と一緒に、瞼を閉じた。ずっと頭の中で静かに鳴り響いていた歌が、ネジが切れるように途切れ、消えた。

疲れていた。ただただ、疲れ果てていた。

思えば真実を知ったあの日からずっと、戦い続けてきたのだ。ママと、鬼と、世界と。

生き残るためにはほんのわずかなミスも許されない。選択を一つ誤《あやま》れば自分にも待っているのは出荷だった。

食べられてなるものか。

食用でも商品でもない、〝人間〟として、生き延びてやる。

〝人〟として生きる、というただそのために足掻き続けることが、どれだけ辛《つら》く厳しい世界であったか。

（レスリー……）

イザベラは薄く瞼を開ける。

今の私を見たら、あなたはどう思うだろう。

レスリーを殺した鬼側について、彼と同じ道を、子供達にたどらせ続けてきた。

生き残るなんて言いつつ、これではただ加担し、罪を犯してきただけではないか。

『イザベラ』

いたわるように自分を呼ぶ声が蘇る。イザベラは燃えるハウスを透かして、夜闇の中にレスリーの姿が浮かぶのを見た。レスリーは、あの日怪我をしたイザベラを見た時の顔をしていた。まるで自分の方が傷を負ったように、辛そうに眉が下がる。

『悲しかったら、泣いていいんだよ』

そんな歌を歌って、何度も何度も平気なふりをして、立ち上がらなくても。

「……レスリー」

強い自分でい続けなくてもいいのだと。

幻《まぼろし》のレスリーはそう言って、イザベラを抱きしめた。いつの間にか、自分はハウスで過ごした三つ編みの少女へ戻っている。

『ずっと一人で、よく頑張ったね』

イザベラの双眸《そうぼう》から、涙が溢れる。リストを握る手が震えた。

「ごめんなさい、レスリー」

嗚咽《おえつ》にかすれた声が、少女の頃のようにあどけなくなる。

次は自分が助けると、約束したのに。

必ずまた会おうと誓ったのに。

私、最後までだめだったわ。

イザベラはリストの紙片を持ち上げる。どうせ無能な飼育監にはもう生きる道は残されていない。このリストも風に乗せて手放してしまおうかと思ったイザベラは、その手を止めた。

ちょうど火事の光に、その紙が透けた。

「あ……」

黒く消されていた部分が炎に照らされて、下にある鉛筆の跡をたどることができた。そこに元々書かれていた文字が、イザベラの手の中で浮かび上がる。


『10．イザベラのヒーローになる』


それが、目標リストの最後にレスリーが書いた言葉だった。

つたない文字の一つ一つが、イザベラの瞳に映った。

あの時のレスリーの全てが、星が流れていくようにきらめきながら、心の中を通り過ぎていく。はにかんで笑う顔を、ためらいがちに名前を呼ぶ声を、澄んだ彼の旋律が、真っ暗になっていたイザベラの胸の内を照らしていく。

誰よりも優しい男の子だった。ずっとずっと、レスリーは自分のことを想《おも》ってくれていたのだ。

イザベラは紙片をゆっくりと手元へ戻し、その胸に押し当てた。

「ありがとう……レスリー」

イザベラは涙で震える声で、その歌を口にする。優しい旋律が、静かな森の中でゆっくりと響く。

この歌に、一体どれだけ救われてきたか。

(どうかあなたのこの歌がたくさんの人に届けられたらいい……)

ずっと秘密の歌だったけれど。

イザベラは懐かしいあの日々を思い出し、微笑む。

さっきまでこの子守歌を聴いていた子供達は、きっとあの歌が大好きになるはずだ。何度も歌ってくれたらいい。この子達の未来にもきっとこの先、辛い日や泣きたくなる日があるはずだから。

イザベラはちらりと、眠りについたフィルの顔を見る。

外の世界へ出ていったレイは、そこでいつかこの歌を歌うだろうか。エマ達が、この歌を知る日も来るのだろうか。

斜《しゃ》に構えた少年の顔が浮かんで、イザベラは苦笑する。

(やっぱり歌わないかしら……)

ほら、小さく口ずさむだけで、絶望は消えていく。いつもの自分を取り戻せる。イザベラはさっと涙をぬぐう。そこに浮かぶのはもう、全てを諦め、死を受け入れた顔ではなかった。

(最後まであなたは、私を救い続けた……)

リストの最後は、ずっと達成し続けられていたのだ。

うっすらと東の空が白み始めた。

いつの間にか近くには、かつて自分を育てた飼育監《ママ》――現大母様《グランマ》の姿があった。背後には自分の代理だろう補佐役《シスター》が立っている。

「どうして……」

見たこともないほど歪められた大母様《グランマ》の口から、苦悶《くもん》の声が漏れる。

ふいにイザベラは、ああこの人もまた、かつてはこの農園の少女の一人だったのだ、と思った。ともに育った兄弟があり、忘れられない思い出があったはずだ。

優しいその歌が、今一度、その背を押す。

イザベラは毅然《きぜん》として立ち上がった。

今日が、最初《はじまり》の朝だ。

# 自《じ》由《ゆう》の空《そら》を求《もと》めて

ああ、空がキレイ。

力が抜けて、自分の首がぐらりと後ろへのけぞるのがわかった。背中に、大きく硬い指の感触がある。痛みはもう感じなくなっていた。

胸に突き刺さって咲いた花の色も、クローネは見ることはできない。

その目に映《うつ》るのは鉄格子《てつごうし》越しの空だけだった。

クローネは、補佐役《シスター》として初めて、十六日前にこの門を越えた。

それよりももっと前、クローネは門を潜《くぐ》った。ここことは違う、けれどそっくりに造られた門だ。外へと続く場所——。

門から、全てが始まった。

# 1

ハウスから門へと続く夜道を、クローネはママとともに歩いていた。

今まで着ていた白の制服から、ブレザーに着替えたクローネは、これから始まる暮らしに胸を躍《おど》らせていた。

クローネは高揚《こうよう》した表情で、手を繋《つな》いだママを見上げた。

「ねぇ、ママ、新しいお母さんどんな人かな？　お父さん、優しいかな？」

トランクを提《さ》げたママは、かたわらを歩くクローネに微笑《ほほえ》みかけた。

「すぐに会えるわ」

普段は近づいてはいけないと言われてきた、門の陰影《いんえい》が見えてきた。ぴったりと下りている鉄格子が、今夜は上げられていた。クローネはママについて、そこへ足を踏み入れた。

遠くから見ているよりずっと、門の建物は大きかった。巨大なトンネルのようになったその天井部分には、門扉《もんぴ》を動かすためのものなのかいくつも歯車が浮き出ていた。

好奇心いっぱいに辺《あた》りを見渡していたクローネは、トンネルの向こうに、奇妙な影が立っていることに気がついた。

人間より、ずっと大きな影だった。そこから歪《いびつ》な手が伸びる。

クローネはその姿がはっきり見えた瞬間、電流を流されたように足を止めた。

「ひっ」

そこで自分を待《ま》ち構《かま》えていたのは、怪物だった。

弾《はじ》かれたように後ろに下がったクローネの背を、誰かが阻《はば》んだ。隣に立っているママの手が、クローネの肩を押さえつけていた。

「クローネ、あなたは優秀な子だから、選ばせてあげる」

ママの声は、この異常な状況を前に穏《おだ》やかだった。クローネは目を見開いたまま、隣に立つママを見上げた。

クローネを見下ろし、ママは微笑んでいた。ずっと、本当の母親のように慕《した》ってきたママの口から、残酷な言葉が紡《つむ》がれる。

「このまま死ぬか」

あるいは。

「私と同じ、飼育監《ママ》の道を選ぶか」

　クローネは、凍《こお》りついたまま、その酷薄《こくはく》に歪《ゆが》んだ笑顔を凝視《ぎょうし》した。それから呆然《ぼうぜん》と目の前に立つ化け物を見た。仮面をつけたそれもまた、縦《たて》に並んだ二つの穴から自分をじっと見下ろしている。

「…………」

　さっきからずっと足が震えて、その場に立っているのがやっとだった。

（ママは、何を言っているの）

　クローネは、今自分が見ているものも聞いているものも、信じられなかった。どこかから、悪い夢の中に入り込んでしまったような気分だった。（早く、覚めて……）クローネは震えながら念じたが、そんなことをしても、今朝《けさ》のベッドの中へ戻れるはずがないことはわかっていた。

　これは現実だ。

　唐突に突きつけられた二つの選択肢《せんたくし》に、クローネは絞《しぼ》り出《だ》すように言った。

「死にたくない……」

　さっきまで饒舌《じょうぜつ》に動いていた口からは、かろうじて聞き取れるような声しか出てこなかった。クローネの返答を聞き、ママは満足そうに目を細めた。

「じゃあクローネ、新しいお家《うち》でも頑張るのよ」

そう言ってクローネの背を押した。

まるで本当に、新しい里親のもとへ送り出すような、それは優しい励ましの言葉だった。

## 2

朝六時になると同時、起床を知らせる音が鳴り響く。

クローネは目を開けると、素早くベッドから下り、就寝用の着衣から灰色の制服へ着替えた。均一に並んだ隣の部屋からも、黙々と身支度《みじたく》をする物音だけが聞こえてくる。

部屋、と言っても必要最低限のものだけが配置された、質素なものだ。

ベッドと机と椅子《いす》だけの家具に、洗面台が隅に取りつけられている。コンクリートの壁は味気なく冷え冷えとしていた。

クローネはその鏡で灰色の上下をまとった自分の姿を見つめ、ドアを開けて廊下へ出た。

左右の部屋の前にはすでに、同じ格好《かっこう》をした少女達が整列していた。

「Ｎｏ．７２６８４」

「はい」

同じ列から、次々と無機質な声が響く。うつむきがちに立っていたクローネは、その中の声にふと懐《なつ》かしさを覚えて顔を上げた。

離れた部屋の少女の金髪が、誰かに似ているような気がした。

すぐに、クローネはハウスを恋しく思っている自分の感情を振り払った。

(ここにはもう、信じられる人は誰もいない……)

クローネが、本部にあるシスター養成学校へ連れてこられて、二日が経《た》った。

やってきた〝本部〟は、今までクローネがいたハウスと何もかもまったく異《こと》なっていた。

門を出たその夜、クローネは現実を受け入れる時間も与えられないまま、飼育場《ハウス》から本部へと連れてこられた。

窓のない建物の中は似たような壁と部屋ばかりが続き、クローネは自分が入ってきた場所からどれくらい遠くまで歩いたのか、あっという間にわからなくなった。

無機質な白い壁がどこまでも続き、高い天井は歩くたびに足音が反響する。

「No．18684、クローネ」

前を歩いている黒のドレスを着た女性が、扉の前で足を止めた。クローネは恐々《こわごわ》と見上げる。

ハウスにいたママより年上の大人《おとな》に、クローネは初めて会った。

大母様《グランマ》と呼ばれる彼女は、年齢のせいだけではなく、近くにいると威圧されるような空気をまとっていた。クローネはあの怪物よりも、なぜかこの女性の方が恐ろしく感じた。

錠がついた扉を抜けると、そこから区画が変わった。目の前に広がる光景に、クローネは息を呑《の》む。

大母様《グランマ》はクローネの肩を抱き、その新しい〝家《ハウス》〟へと連れていった。

「今日からはここで皆と飼育監《ママ》を目指《めざ》しなさい」

そしてその〝家〟で暮らす、新しい姉妹達へ引き合わせた。

クローネは隣に立つ女性を見上げ、そしてもう一度ゆっくりと、正面を見た。

目の前にある空間には、同じ形の扉が一列に並んでいた。剝《む》き出《だ》しになった配管や鉄製の階段からは、温かみを一切感じられない。

そして一階と、吹き抜けになった二階部分に、何人も同じ服を着た少女達がいた。年上の少女達の目が、大母様《グランマ》が連れてきた新入りへと、一斉に注がれる。

誰一人、笑っていなかった。

ぎらりと敵意のこもった瞳が、冷ややかな双眸《そうぼう》が、品定めするように向けられる。クローネは思わず怯《ひる》んだ。

この少女達全員、自分と同じようにハウスを出る時に生き残る道を提示されたのだ。

(私だけが、特別に助かったわけじゃないんだ……)

同じ境遇の仲間がいて良かったと、本来なら思えるはずだったが、クローネの中に安堵《あんど》はなかった。

この〝姉達〟の目つきを見れば、ここが温かい歓迎を期待できる場所ではないことは容易に察せられた。

クローネは、12歳より上の少女とも初めて出会った。背が高く大人びて見える姉達の姿に、まるで自分が5歳の頃に戻ってしまったような気がした。

(こんなところで、やっていけるの……)

「No.18684!」

ぼんやりしていて、クローネは反応が遅れた。

「は、はいッ」

目の前までやってきていた教育係の大人が、眉《まゆ》をひそめてクローネを見る。それから手元の名簿に何かチェックを書き込み、隣へ歩いていく。

クローネはひやりとした。

自分達の行動は逐一《ちくいち》審査され、あの〝大母様《グランマ》〟のもとへ報告される。ささいなミスも容《よう》赦《しゃ》なく、シスターとしての適性を問われる要素となった。

「――以上、二十一名。移動しなさい」

点呼が終わると同時、全員が黙ったまま食堂へ移動していく。

食事係が用意した朝食がトレーに載《の》せられている。すでに到着している見習い達が、無言で受け取っていく。

ハウスの食堂で、みんなで賑《にぎ》やかに準備をした日々が、遠い昔のことのようだ。クローネは受け取った自分の食事を、光のない瞳で見下ろす。

突然、ガシャンッと食器の落ちる音が鳴った。続けて、甲高《かんだか》い叫びが食堂に響き渡った。

「もう嫌《いや》ぁ……ッ!」

クローネが驚いて顔を向けると、そこには椅子を倒して一人の少女が立ち上がっていた。

クローネよりも少し年上くらいだろうか。その顔は恐怖に引きつり、涙が頬《ほお》を濡《ぬ》らしていた。喘《あえ》ぐように、肩を上下させる。

「私にはこんなことできない……っ、子供達を見殺しにする立場を目指すなんて、あなた達、まともじゃないわ！　みんなに会いたい！」

みんなを返してよぉッと、絹《きぬ》を裂くような悲鳴を上げて床を打つ。そこから先は、慟哭《どうこく》に飲まれて聞き取れなくなった。

床に倒れ込んだ少女を、周《まわ》りはただ遠巻きにするだけだった。誰も駆け寄ることも、声をかけることもない。素知らぬ顔をしているか、あるいはひっそりと侮蔑《ぶべつ》の笑《え》みを浮かべていた。

クローネはこの異常な状況を前に、トレーを持ったまま、棒を飲んだように固まっていた。気圧《けお》されたように、立《た》ち尽《つ》くす。

その声を聞きつけた教育係がすぐにやってきて、突っ伏して肩を震わせている少女を無理矢理立たせた。

「何の騒ぎですか」

悲鳴が響き渡った時には反応がなかった周囲の見習い達に、一瞬で緊張が走った。現れた大母様《グランマ》の姿に、クローネもびくっと肩を跳《は》ね上《あ》げた。

そばに駆け寄った教育係のシスターが、大母様《グランマ》へ耳打ちする。

「そうですか」

その視線が、捕えられている見習いへ向けられる。感情の感じられない冷たい眼差《まなざ》しで、頬を涙で濡らした少女を見た。

「彼女はもういいわ」

大母様《グランマ》の口から無慈悲《むじひ》な言葉が告げられた。その瞬間、少女はとりかえしのつかないことをしたことに気づいた。だがもう遅かった。引きずられるように歩かされ、少女は叫び声を上げた。

「あ……ああっ、嫌！　ごめんなさい‼　許して！　死にたくない……ッ！」

その悲鳴が廊下を遠ざかっていくのを、クローネは呆然として聞いていた。

ハウスでは決して聞くことのなかった誰かの悲痛な絶叫に、クローネは震え上がった。

「…………」

ごく、と唾を飲み込む。周りはすでに何事もなかったかのように、食事を再開させている。静かに食器が鳴る。

クローネは震えを気取《けど》られないように、テーブルについた。まったく食欲はなかったが、それでも無理矢理口にスープを運ぶ。

（ここは、こういう場所なのよ……）

優しい人間は、ここでは生きていけない。

支配者側に立つことを受け入れられなかった見習いは、農園の食用児と同じように出荷されていく。

養成学校――そして本部のシステムについても、クローネは三日間でおおむね学んだ。

ここにいる少女達は全員、ハウスにいる間に一定以上の成績を残し、ママによって飼育《しいく》監《かん》としての道を推薦《すいせん》されて養成学校へ来ていた。

そこでまずは、補佐役《シスター》となるための訓練を積むことになる。

シスターの仕事は、主に育児監督と補佐業務であり、必要に応じて飼育場《プラント》へ出向しママを手伝うこととなる。

そうしてシスターの中で業績を評価され、さらに出産を経《へ》た者だけが、飼育監になることができる。しかし飼育場《プラント》の数自体は限られ、たとえ条件をクリアしていたとしても、ママとして就任できるのは一握りの人間だけだった。

そしてそのさらに頂点に、大母様《グランマ》がいた。

クローネは、知らされたこの世界の仕組みに、めまいがした。頂点《うえ》までの、余りの途方もなさに膝《ひざ》から崩れそうになる。

もちろん、ママになれなかった者が全て出荷されるわけではない。

飼育監《ママ》のルートから外《はず》れても、補佐役《シスター》まで昇格していれば他の職務に転向していく場合がある。養成学校の〝教育係〟や〝食事係〟などがそうだ。

また医療に関する専門知識を習得し、医師や看護師として働く者もある。彼らは出産時だけではなく、胸にチップを埋め込む手術時にも必要とされる。人間のスタッフが求められる場合は、少なくない。

産まれた新生児のケア、そしてもちろん出産そのものが、人間にしか行えない。

本部の、人間の農園を維持するための役割は大きい。

新しい食用児の供給と、高級農園としての品質を維持するための飼育監の育成。

それらは全て、あの怪物達へ献上する特別な商品を生むためだ。それが農園の役割として、最も重要度の高いものだった。そしてそれらの仕事はどれも、怪物達だけでは成立させられないシステムだ。

人間は彼らのために働くよう、完璧《かんぺき》に統制されていた。

クローネは、食べたものをゆっくりと飲み込んだ。こみあげてきそうになる吐き気を抑《おさ》えつける。

（もうこれで、死なずにすんだと思っていたのに……）

あの門で極限の選択をした時、クローネは、ああこれで生きることはできるのだと思った。死を選ばなかった自分は、殺されることだけはないのだと、心のどこかでほっとしていた。

だがそれは、甘い考えだった。クローネは新しく放り込まれた世界の現実を知り、絶望した。

（結局、自分はまだ、あの門での選択を続けていくしかないのよ）

『今ここで死ぬか』

『飼育監となるか』

クローネはトレーを片付けると、唇を噛《か》み締《し》めた。

食べる側と、食べられる側。

支配する側と、される側。

ここには、自分が産まれるより前からずっと完璧なシステムが維持されていた。

## 3

食事を終えるとすぐに一日の授業と訓練が始まる。

クローネは他の見習い達とともに、教室へ移動した。

教室は、ハウスのテストルームを思わせる空間だった。机と椅子が並べられ、それぞれ番号の順に席に着く。

今日はこれから、裁縫の授業だった。クローネは支給されている裁縫箱を取り出す。

授業は、ハウスでやってきた頭脳テストのような勉強が中心だと思っていたクローネは、初め驚いた。

ここでの訓練内容は多岐《たき》にわたる。いずれ飼育監となり、飼育場《プラント》を任《まか》された時に必要なスキルは、全て網羅《もうら》されていた。

例えば洋裁や刺繍《ししゆう》、家事といったママとして求められる技術から、医療や育児についての知識、また万一子供達の反乱があった場合に備えて、武術の訓練も教育課程《カリキユラム》に組み込まれていた。

捕縛《ほばく》術や護身術について、クローネはここへ来て初めて知った。専門的な医学や基礎的な救命手技《しゅぎ》も同じくだ。ハウスにいる時には、どれも詳しく知ることはない知識だった。その時は大して不思議にも思わなかったが、今ならその理由がわかる。子供達に脱獄に必要な知識やスキルを与えないよう、情報が制限されていたのだろう。

今は見習い達はみな、飼育監としてどんな状況にも即座に対応できるよう、それらの習得に努めている。クローネ達見習いがそれを身につけても、支配者側にとってはもう脅威《きょうい》ではない。

チップに信号を送ればいいだけなのだ。

クローネは胸に触れる。襟《えり》から見える肌《はだ》にはまだ、生々しい縫《ぬ》い痕《あと》が残っている。

来た当日にこの場所についての説明と――そして手術を受けた。

連れて行かれた場所は、本で見た病院や研究所のような印象だった。消毒液の臭いは医務室を思い起こさせたけれど、そこよりもずっとくっきりと鼻についた。衣服を取り換え、手術台に寝かされた。頭上の手術灯に、クローネは目がくらむ。視界が白くなりすぎて、すぐにそれは反転するように黒くなった。

目が覚めた時、胸には黒い縫合糸《ほうごうし》が横にいくつも並んだ、大きな傷がまっすぐ縦に走っていた。

「うそ……」

この手術によって、心臓のそばにチップが埋め込まれていた。クローネは手術後に事務的な説明を聞かされた。

チップは信号によって電気が流れる仕組みとなっており、管理している側のスイッチ一つで自分の心臓は止められるようになっていた。また心停止時にもチップが感知し、通知されるようになっていた。

つまり本部の敷地から外へ出た場合、あるいは大人達に抵抗した場合には、チップによって即座に〝処分〟されるということだ。

自分の個室としてあてがわれた部屋で、クローネは鏡の前に立った。自分の胸の傷を映し、そっと手で触れる。

もう逃げられないのだという絶望感と一緒に、体に刻まれた二度と消えない傷跡に、クローネは唇を噛み締めて涙を流した。

（もう外へは逃げられない……）

武器を取って反撃一つ許されなかった。自分達は常に銃口を突きつけられている——あるいは首筋にナイフを当てられているのと変わらない状況なのだ。

教室の扉が開き、時刻通りに教育係が入ってくる。無言でそこに全員揃《そろ》っていることを確認すると、口を開いて指示した。

「まず前回の刺繍の課題を提出しなさい」

左側の列から順に、見習い達が席を立って課題を前に置いた箱へと入れていく。同じ図案の絵を、全員が縫い取り、自分の番号を入れていた。

クローネも袋から、昨日《きのう》遅くまでかかって完成させた刺繍を取り出そうとした。

（あれ……）

袋の中に、出来上がっていたはずの刺繍は入っていなかった。

「うそ、ここに確かに……」

くす、と近くで笑い声がした。クローネは後ろを振り向きたいのを堪《こら》えた。ここへ来る時は確かに入っていた。

（しまった……）

クローネは歯噛《はが》みした。一瞬目を離した隙《すき》に、他の見習いに盗まれたのだ。

「No．18684、何しているの」

教育係が立ったまま止まっているクローネへ、提出を促《うなが》す。クローネの後ろの席の見習い達も、次々に課題を出していく。回収されていないのは、クローネ一人だけとなってしまった。

空《から》の袋を握り締め、クローネは唾《つば》を飲み込むと声を絞り出した。

「あ……ありません」

クローネの答えに、前に立つ教育係は眉をひそめた。

「ありません？　それは、刺繍を一晩かかっても完成させられなかった、ということでいいのかしら」

感情のそぎ落とされた冷たい双眸が、クローネを見据《みす》える。

自分の背後で、無数の顔がほくそ笑んでいるのがわかった。クローネは屈辱《くつじょく》に顔を歪ませた。答えられないでいるクローネに、鞭《むち》のような鋭い声音《こわね》が飛ぶ。

「返事をしなさい」

「……いいえ。入れていたのですが、なくなりました」

クローネは正直に伝えた。だが自分で言っていても、それが課題が間に合わなかった言《い》い訳《わけ》のように聞こえるだろうことはわかっていた。

「……そう、わかりました」

果たして教育係の声音はさらに一段低くなった。

「残念よ。No.18684」

その言葉に、クローネは心臓が冷たくなった。さっき食堂で見た場面が蘇《よみがえ》る。不適格の烙印《らくいん》を押されれば、同じ道をたどることになるのではないか。震えを殺そうときつく手を握ったクローネの後ろから、唐突に声がかかった。

「先生、これじゃないですか?」

平坦な声が沈黙を破った。つかつかと足音が鳴り、クローネの横を一人の少女が通り過ぎた。長い金髪が、さらりと肩に落ちる。

「そこに落ちていました」

その後ろ姿は、手に持っていた刺繍を教育係のもとへ差し出した。枠の中にはクローネが描いた課題の模様があった。

刺繍を受け取った教育係は彼女を一瞥《いちべつ》し、それからクローネへ視線を向けた。

「これですか」

すくんでいたクローネは素早く頷《うなず》いた。

「入れていたのに、なくなりました……ね」

教育係は手元の刺繍を見下ろし、独《ひと》り言《ごと》のように呟《つぶや》いた。次に何を言われるかと身構えていたクローネへ、顔を上げると厳しく言いつけた。

「課題を落とすなんて不注意は、今後は許されませんから。そのつもりでいなさい」

「はいッ」

クローネは姿勢を正して返事をした。顔は教育係の方へ向けたまま、視界の端で刺繍を〝拾って〟くれた見習いの少女を見る。

明るい金色の髪に、灰色の制服の上からでもわかるほど、ほっそりとした体つきだった。

席に戻る時に顔を見たいと思ったけれど、少女は長い髪を揺らしてさっさと通り過ぎてしまい、じっくりと顔立ちを確認する時間はなかった。

授業の間、クローネは裁縫の手を動かしながらもずっと、その少女のことを考えていた。

（どうして……）

次の教室へ移動する前、クローネは目立たないようにそっと、彼女のそばへ近づき、声をかけた。

「ねぇ……」

クローネは彼女にだけ聞こえるくらい、小さな声で聞いた。

「もしかして――セシル？」

振り返ってようやく、そのシスター見習いの顔を間近に見ることができた。少女はあの頃と同じ、青い瞳で笑った。

「やっと気づいたの？　クローネ」

それは同じハウスで育った、懐かしい姉だった。

*4*

セシルがハウスを去ったのは、確か二年前――クローネが10歳の時だった。

その時ハウスにいる一番年上の姉がセシルだった。彼女もとうとう里子に出ていってしまうのかと思うと、クローネは心から寂《さび》しかった。

自分がハウスを出る番となり、ああいうかたちで真実を知らされた時には、自分以外の兄弟達はみな出荷されてしまったのだと思っていた。

（セシルが……生きてた）

その日の夕食の時、クローネははやる気持ちを抑えて、トレーを持って食堂でセシルの姿を探した。

一番端のテーブルに、金髪の少女は座っていた。

クローネはなにげなくその向かいに、トレーを置いて座る。

座っていたセシルは、そこにクローネが来ることをわかっていたように、何も言わずに視線を持ち上げた。

二年ぶりに、再会した。

食事中に私語は禁止されている。けれどクローネは目立たぬよう、食事を口に運ぶ合間に、小さな声で呟いた。

「ここに、セシルもいたなんて、全然気づかなかった……」

クローネは皿に乗せられた食事を見つめながら呟いた。

「なんか、すごく……」

「ふふ、痩《や》せてたから？」

食事を口に運びつつ、セシルはクローネが言いかけた言葉を口にした。

ハウスにいる頃、セシルはもっと頬の輪郭《りんかく》のふっくらした、どちらかと言うとふくよかな体つきの少女だった。

まっすぐな金髪に青い目をしていて、黙っていたら可愛《かわい》らしい人形のような顔立ちの女の子だったが、その丸みのある体型のせいで兄弟からからかわれることもあった。けれどセシルは、それで黙っている女の子でもなかった。性格は勝気で頭も良く、そんなふうに笑った兄や弟を必ず完膚《かんぷ》なきまでに負かしていた。

今目の前にいるセシルも、そういう時によく浮かべていた強気な笑みは昔と変わらなかった。だが顎《あご》はとがり、手足も細すぎるくらいに引き締まっていて、三日間同じ養成学校内にいたはずだったが、クローネはずっとセシルに気づけずにいた。

今セシルは14歳。自分が知っている、12歳のあどけなさを残した彼女はいなくなっていた。すっかり大人の雰囲気へと変わっていた。

「クローネは変わらないわね」

セシルはそう呟いて、懐かしそうに微笑んだ。その笑顔はハウスにいた頃と同じなのに、目元や頬に拭《ぬぐ》い去《さ》れない憔悴《しょうすい》があった。

「クローネ、いい？　ここで生き残りたかったら、刺繍取られて隠されるなんて油断《ヘマ》、しちゃだめよ」

セシルは声を落として囁《ささや》いた。

「シスター見習いの中からシスターになれるのは、ほんの一握りよ。ママになれるのなんて、さらに少ない。そして毎日の訓練の中で、私達は点数をつけられていく。少しでも他の見習いより高く評価されるため、みんなどんな手を使ってでもその点数を稼ごうとするんだから」

目元を鋭くさせたまま、セシルは笑みを浮かべた。

「誰もが周りを蹴落《けお》として、自分が生き残ろうとしている」

その青い瞳に影が差す。クローネはその表情を黙って見つめ返していた。知っているセシルの顔には、二年の間にそれまでなかったしたたかさが備わっていた。

「いい？　だから隙を見せちゃだめよ」

「セシル」

名前を口にすると、ハウスでの日々が鮮《あざ》やかに戻ってきた。クローネは溢《あふ》れそうになるものをぐっと堪える。

「また会えて良かった……」

本当なら、抱き合って再会を喜びたかった。だが目の前にいてもそれは叶《かな》わない。涙ぐみそうになるのを堪えて、クローネは鼻をすすると口をへの字に曲げた。その顔を見て、セシルは小さく肩を揺らした。

「クローネ、顔がブサイクよ」

「ちょっと!」

その一瞬で、二年の時が巻き戻った。

クローネは、ここでの暮らしに一条の光が差し込むのを感じた。ずっと感じていた不安が軽くなる。

(セシルが生きてた……)

嬉《うれ》しくて、ぎゅっと胸の前で手を握り合わせる。

現実は変わらない。自分達はこの養成学校という、過酷《かこく》な道を歩んでいくしかないのだ。だがそれでも、そこにかつての姉がいるとわかっただけで、クローネの心は晴れやかになった。

仲間がいることが、こんなに心強く、頼もしく思えたことはなかった。

「全員、整列して待機。これから大母様《グランマ》からお話があります」

教育係の指示に、授業終わりでそれぞれの部屋へ向かっていた見習い達は列を作った。

何事だろうかと、声には出さずとも全員の顔が物語っていた。

ほどなくして、廊下を大母様《グランマ》がやってきた。

整列したシスター見習い達の前を、大母様《グランマ》は一人一人顔を確かめていくかのように歩いていく。踵《かかと》の音が、静寂《せいじゃく》の中に広がった。

「現在シスター見習いであるあなた達に、知らせることがあります」

大母様《グランマ》ははっきりした口調で、宣言した。

「今このクラスにいるメンバー内で、シスターに推《お》すのは、一人だけとします」

背筋を伸ばし、微動だにせず立っていた少女達だったが、大母様《グランマ》の言葉に一瞬その表情を変えた。

シスターに推すのは一人だけ——その意味するところは。

（まさか他は全員……出荷？）

クローネもまた、思わず眉を持ち上げた。セシルの方を見そうになるのを堪え、表情を固めたまま正面を見据える。

体の前で手を組み合わせ、大母様《グランマ》は淡々と説明する。

「現在、どの飼育場《プラント》の方でも、上物の実りがよくありません。出荷に必要な数を確保するため、そしてより優秀な者だけをシスターとして残すため、一定以下の成績となった者から〝落第〟とします」

〝落第〟――それはつまり、〝出荷〟であり〝死〟なのだ。

大母様《グランマ》の視線が、ちらりと自分の方をかすめた気がして、クローネはぞっとした。

自分が、ほんの少し前まではそのハウス内の食用児だったことを思い出す。もしかしたら、ここへ来る選択肢はなく、出荷の道だけだったかもしれない。

「…………」

クローネは震えそうになる手をきつく握り締めた。

気づけば隣に並ぶ少女もまた、同じように血の気の引いた顔をしていた。

要は足りない食料を、養成学校から調達することにしたのだ。クローネは縫われた胸の傷が、ずきずきと鼓動に合わせて痛み出すような気がした。

どこまで行ったって、自分達は支配されるモノでしかない。

「競え」

大母様《グランマ》が言った。恫喝《どうかつ》するような声音だった。

「それがあなた達が、生き残る道です」

厳然と言い放ち、大母様《グランマ》はゆっくりとその場を後にする。立ち去った後も、気配の残滓《ざんし》のように重たい空気が立ち込めていた。全員が押し黙っていた。

「行きなさい」

教育係に促され、見習い達は部屋へ向かった。廊下を歩きながら、クローネは今の言葉を繰り返していた。

『競え』

シスターに推薦されるのは一人きり。全員でその一つの椅子を奪い合うのだ。

（どうしたらいいの……）

自分と、セシルと、両方が生き残る道はなくなってしまった。

（また選択肢だ）

たった一人のシスター候補の座を目指すか。

あるいは、死か。

「クローネ」

隣からかかった微《かす》かな声に、クローネははっとして顔を向けた。並んで前を向いていたセシルが、聞こえるギリギリの声で呼びかけた。ちらりと見たセシルの横顔に、クローネは目を奪われる。

その青く底光りする瞳で、ひたと前を見据えていた。

「――ここを、脱獄するわよ」

## 5

翌日から、養成学校の緊迫感はただならぬものとなった。

それまでできえ平和な場所ではなかったのが、誰もが自分が落とされる前に、一人でも多く敵を減らそうと目をぎらつかせていた。

クローネの養成学校生活は、さらに過酷なものへと変わった。シスター《うえ》を目指すための戦いだったのが、今やたった一つの生き残りの座を賭《か》けた、二十人の勝ち抜き戦へと様変わりしていた。

「次、72684」

広いトレーニングルームに教育係の声が響き渡る。自分の番号を呼ばれ、セシルが前へ出る。その姿を、他の見習いとともにクローネは見つめていた。

クローネも格闘訓練への参加が始まった。

講義として武術についてはは学んだが、実戦的な訓練は初めてだ。武器を持たない状態で、いかに相手を制圧するか。クローネは自分の番が回ってくるまで、目の前で繰《く》り広《ひろ》げられる実戦形式の試合を観察していた。

姉達の中でも、セシルは抜きん出て強かった。

今日組まされた相手は15歳くらいだろうか、肩で切り揃えた髪に、つり上がった鋭い目尻をしている。養成学校の今のクラスの中でも古株に入り、どの科目でも成績は良かった。彼女がシスター候補として一番有力だと誰もが思っているはずだった。

「始めッ」

どちらも初めは動かなかった。沈黙によって息苦しいほどの気迫が、その場を満たしていた。先に仕掛けたのはセシルだった。

素早く一歩を踏み込み、相手の襟を取ろうと先制する。だが相手も簡単に摑《つか》ませはしなかった。距離をつめてきたセシルを、左へ一歩飛びのいて躱《かわ》す。そこへセシルが即座に反応して蹴りを入れる。少女は、その足を摑んで倒そうとした。躱したセシルが、間髪《かんはつ》入れず再び打ち込む。

セシルはその時が来るまで、相手の右側への攻撃を繰り返していた。

相手が、次に仕掛けてくるのもまた右だと油断する時まで。その判断ミスの一瞬をつき、セシルは相手の左腕を摑んだ。

片腕を自分の側へ一気に引き寄せた。突き飛ばされると構えていた相手は、虚をつかれて重心がずれた。その隙を見逃《みのが》さず、セシルは胸倉《むなぐら》を押さえると、今度は自分の体重を上乗せして、一息にその肩を押した。

少女の体は、腕を取られた状態で、背中から倒れ込んだ。

「勝負あり！」

勝利したセシルは手を放し、無言で引き下がる。相手の少女は歯を食いしばるように顔を歪めていたが、すぐに感情を消して待機の列へ戻っていった。

立っていた教育係が、手元の書類に何か書き込む。これで彼女の持ち点は、確実にいくつか減ったのだ。

クローネは、セシルの格闘を見つめながら、昨日のことを考えていた。

夕刻、食堂へやってきたクローネは、いつものようにセシルの向かいに、トレーを置いた。声をひそめて、呟く。

「セシル、この前の……本気で言ってるの？」

クローネの半信半疑の表情に、セシルは頷いた。

「もちろんよ」

「でも、どうやって」

クローネは眉を寄せた。セシルは食事を続けながら言う。

「ここじゃ話せない。後で私の部屋に来て」

他の見習いの部屋へ行くことは原則禁止されていたが（そもそも、ここで、部屋を行き来するほど親しくなることはない）部屋を外から施錠《せじょう》されているわけではないので、監視の目を盗めば難しいことではない。

消灯前、クローネはセシルの部屋へ向かった。周りを確認し、扉を開ける。同じ造りの変《か》わり映《ば》えしない部屋で、セシルはベッドに座っていた。

クローネは素早く扉を閉め、周りに足音がないことを確認してから話し始めた。

「ねぇセシル、ここを脱獄って……本気なの？」

「だからそう言ってるじゃない」

ベッドに座って足を組んだセシルは、わざとおどけた口調で言い返した。

「だって無理でしょ。これが……」

クローネは胸へ手を伸ばした。襟から縫合痕が覗《のぞ》く。

このチップがある以上、自分達に抵抗する余地は残されていない。敷地の外へ出た時点で心臓に電気を流される。壊しても通知がいく。そもそもこんな場所に入っているものを壊すことは不可能だ。

「止められるわ」

「え？」

怪訝《けげん》とした表情で聞き返すクローネに、セシルは尋ねた。

「大母様《グランマ》の持ってる懐中時計、見たことある？」

クローネが頷く。大母様《グランマ》はいつもポケットに、金の懐中時計を入れていた。ハウスにいたママが持っていたものと同じ時計だ。実際に開いているところを見た機会は少ないが、持っていることは知っていた。

「あれ、心臓のチップを止める機械になっているのよ」

セシルは自分の胸の傷を押さえ、いっそ怖《こわ》いほど真剣な顔で、クローネを見つめた。

「このチップさえ無効化できれば、脱獄の勝機はある」

セシルの説明を聞きながら、クローネは疑問に思った。

「セシルどうして……そのこと、知ってるの？」

懐中時計の仕組みなど、自分達が知り得ない情報だ。探ろうにも現物を見ることもできない。セシルがそれを知るきっかけが、クローネには思い至らなかった。

「これ見て」

セシルが机の引き出しから取り出したのは、丸い枠にはめられた布だった。

「刺繡……？」

それは授業で使うものと同じ、木枠に張った刺繡だった。受け取ってクローネは、それを眺《なが》める。練習用に手元に刺繡枠があるのは特段おかしなことではない。刺繡自体も変哲のないものだった。

そこには、何色も糸を使って、綺麗《きれい》な蝶《ちょう》の絵が刺繡されていた。ただセシルが縫い取ったものではないようだ。糸はところどころ、ひどく古いものが混ざり色褪《いろあ》せている。

「それ、ひっくり返してみて」

セシルが指さすので、クローネは怪訝に思いながらも刺繍の裏側を見た。刺繍の裏地なんて糸が重なり合っていて、ただ見苦しいだけだ。当然クローネの持つそれも、無秩序に糸が走っている。特に変わったところはない。

「これが何？」

眉を持ち上げたクローネに、セシルは声を落として教えた。

「それ、青い糸だけを見て」

「青い糸だけ？」

クローネは刺繍の裏側を遠ざけたり近づけたりして、目を凝《こ》らした。

そしてあることに気がついた。

「これ……」

無秩序に糸が重なっているそこに、一つの図が浮かび上がってくる。

「まさか、本部の見取り図……？」

大きく目を見開いたクローネに、セシルは頷いた。

「そう」

一見すると、いくつもの色の糸がごちゃごちゃと混ざっているように見える。だが青の刺繍糸だけに目を集中させると、そこには複雑な本部内の地図が縫い取られているのがわかった。養成学校がある区画から、複雑に伸びる廊下、外へと繋がる扉。全貌《ぜんぼう》ではないのだろうが、クローネの知らないエリアまでその地図は示していた。

セシルは刺繍を受け取り、その糸を指でなぞった。

「私達の持ち物は、定期的に大人達に〝ガサ入れ〟される。内容を暗号にしても、不審なメモ一つ出てくれば即アウト。だから養成学校《ここ》で情報を残すことや、伝達することはとても難しいのよ」

「〝ガサ入れ〟……？」

「部屋の持ち物に、不審なものがないか勝手に検査されてるのよ。大抵自分達が訓練や食事で部屋を出ている間にね」

そんな、とクローネは憤慨《ふんがい》した。セシルは肩をすくめた。

「だから刺繍に隠して、いつか脱獄できる日のためにこうして地図を作ってきたの」

セシルは手元の刺繍へ視線を落とした。その裏面を、手のひらで撫《な》でる。

「私はこれを、同じように脱獄を考えていたシスター見習いからもらったの」

話しながら、セシルは懐かしむように目を細める。

「その人も、他の見習いからもらったって言ってた。きっとその人も誰かから受け継いで、その人もその前の人も、そうしてきたんだと思う」

セシルは刺繍の青い糸を、ゆっくりと指の先でたどっていく。

「少しずつ、少しずつ、本部の中でわかった部分を刺繍にして残していったの。最初はきっと自分が脱獄するために集めた情報だったんだと思う。けれど叶わなくて、ここに残された同じ見習い達へ託された。託された人も同じように情報を集め、ここに残して、そしてまた次の誰かへ遺《のこ》したのよ。そうやって、一人だけでは集めきれなかった本部の情報が、ここには縫い取られているの」

クローネは呆然と、その刺繍の裏を見た。

今までもずっと、あの怪物達と——支配者側と、戦ってきた人達がいたのだ。

胸にチップを埋められ監視下に置かれ、脱獄なんて絶望的に思えるこの状況でも、希望を捨てずにいた人達がいたのだ。

その受け継がれてきた意志に、クローネは大きく息を吐き出した。

二人で脱獄をするのではない。ここに糸を巡《めぐ》らせた全ての見習い達が、味方でいるような心強さを感じた。

「大母様《グランマ》の持つ懐中時計の情報も、この刺繍を託してくれた人から聞いたの。でも彼女は懐中時計を盗むことはできなくて、そのままここを去ったわ」

セシルは静かに話す。その刺繍へ落とす視線には、後悔と寂しさが映っていた。

もう仲間を見送るのは嫌だと、セシルの眼差しは物語っていた。もしセシルが生き残ればまた同じ思いを繰り返すことになる。クローネもまた、セシルを失って自分だけが生き残る道などまっぴらだった。

今、二人で生き残るための道は、一つしかない。

「……やろう、セシル」

クローネは、セシルの手の中にある刺繍を見つめて、言った。

「このクソったれな世界から、脱獄しよう。私達なら、ここから外へ出ることもできるはずよ！」

（そうよ、私達は生きてやる……）

クローネは脱獄の決意を胸の内に繰り返す。

「次、18684」

自分の番号を呼び上げられ、クローネははっと我に返ると、大きく返事をする。

相手の少女の番号も呼ばれる。気を引き締め直し、クローネは中央のマットの上へと移動した。今すべきことは決して失点せず、大母様《グランマ》の評価を下げないことだ。

「構え」

クローネは相手の少女を見据える。自分より年上のはずだったが、小柄《こがら》でひょろりとした体格の少女だった。

（この子にならば、勝てそう……）

クローネは胸の内で、ひそかに笑った。

ハウスにいた時から、運動は得意だったし、腕力も兄相手でさえ負けたことがない。こんな細身の相手なら、すぐに勝敗をつけられるだろうとクローネは侮《あなど》った。

「始めッ」

開始の合図とともに、クローネは突進した。胸倉を摑んで足を払い、そのまま床に組み伏せる。それだけの一瞬で、試合は終わると思っていた。

だがクローネの動きは読まれていた。少女はクローネの手が懐《ふところ》を摑むぎりぎりまで引き寄せておいて、さっと身を躱した。勢い余ったクローネはすぐに体勢を整えようと足を踏ん張ったが、その足の動きを見切られていた。

踏み込んだ瞬間を狙って、逆に足を払われる。クローネは後ろへバランスを崩した。

（くそっ）それでもクローネは腕を伸ばして、相手の襟を摑んだ。

倒れる自分の体重を使って相手もろとも引き倒す。そのまま腕の力を頼りに横へ転がしてマウントを取った。

体格差のある少女の上に馬乗りになり、クローネは思わず顔に笑みが浮かんだ。勝った、と思った。

その時、下にした少女が鋭くクローネの胸に掌底《しょうてい》を打ち込んだ。

まだ抜糸も済まない傷跡めがけて、渾身《こんしん》の打撃が入った。

「……うッ」

クローネはかろうじて悲鳴を飲み込んだが、痛みのあまり腕の力が緩《ゆる》んだ。その隙をついて少女はクローネの腕を取ったまま身を起こし、肩関節を押さえ込んだ。ねじられた肩に激痛が走り、床に押さえつけられた体勢でクローネは身動きどころか息一つ吸えなくなった。

「勝負あり‼」

クローネの上から、相手の少女はひらりと身を翻《ひるがえ》した。

「…………」

肩を押さえて床に倒れているクローネを見下ろす。それから薄い唇を酷薄に歪めた。

「……フン」

甘く見るなと、その瞳が嘲笑《あざわら》っているのがクローネにはわかった。


その日の運動の時間、クローネはまだ痛む胸の傷をさすって壁にもたれていた。その隣にセシルがやってきて、同じようにもたれた。声を落として囁く。

「どうして負けたと思う？」

視線を前に向けたまま、セシルは端的に切り出した。今日の試合のことだとわかった。どこか面白《おもしろ》がっているようなその聞き方に、クローネは唇を突き出す。

「……あいつが、卑怯《ひきょう》な手を使ってきたからよ」

クローネはぶすっと答えた。もし傷の治りきっていない胸部を狙われなかったら、確実に自分が勝っていたはずだ。セシルは頷いた。

「その通り。あいつはあなたの弱点を考えて、攻撃した。そして勝った」

セシルは髪を払い、横目でクローネを見た。

「正々堂々戦ってやる必要なんてないのよ。いい？　クローネ」

念を押すように、セシルは告げる。

「相手の弱点を探すの。そしてたとえ向こうより自分が優位な立場にいても、油断せず、徹底的に相手の弱点を攻撃するのよ」

セシルの青い瞳が、暗くかげる。

「訓練は本当の殺し合いと思った方がいいわよ」

殺伐《さつばつ》とした忠言を口にする。

「……負けた分だけ、私達は死に近づいていているんだから」

セシルの語る言葉に、クローネはごくりと唾を飲み込んだ。

確かに試合相手だった彼女からは、クローネを殺してでも自分が生き残ってみせるという気迫が感じられた。命がけであの一戦に臨《のぞ》んでいた。

あの大母様《グランマ》による勝ち抜き戦が宣言されてから、ここでは刺繍の出来一つ取っても、技術が足りなければ死に繋がっていく。

誰もが自分が生きるために必死なのだ。ほんの少し、弱みを見せたら出し抜かれる。容赦なく相手の弱みを突いて、先に蹴落としていくのだ。

「セシル」

うつむいていたクローネが顔を上げる。拳《こぶし》にした右手を、きつく左手で包み込む。

「今度は負けない」

クローネの呟きに、セシルはニッと唇を持ち上げて笑った。

「そうこなくっちゃ」

## 6

セシルとクローネは、訓練の合間に、脱獄の準備を進めていった。

その日、洗濯担当だったクローネは、乾燥し終えたタオルやシーツ、制服を仕分けし、それぞれの部屋へ配達するためのワゴンへ移していた。

食事の用意はシスター達である大人が行ったが、養成学校内の清掃と洗濯は、見習い達が行うことになっていた。

食事は、養成学校の区画とは別に調理場があるため、そこで作られたものが運ばれてくる。メニューはハウスの時と大差ないが、運ぶ時間がある分、スープも主菜も冷めていることが多かった。

「…………」

隣では別の見習いが、黙々と洗い終えたものを取り出していた。無機質な明かりだけがついたランドリー室で、誰も手を止めることなく作業を続ける。クローネはその光景を眺め、ふっとハウスのことを思い出す。

ハウスではいつも、全員で手を泡だらけにして洗濯をしていた。記憶の中のシャボンの香りや日なたに干したシーツの匂い、兄弟達の笑い声が蘇って、胸を締めつけられる。クローネはすぐさまそれを打ち消した。

今は回想に浸《ひた》っている場合ではなかった。手元の布や衣類を次々分類しながら、クローネはあるものを探していた。

（どれ……）

その手が、一枚の布を見つける。さらに同じものをもう一つ。

（あった……）

クローネは仕分けする洗濯物から目的のものを発見した。それを自分とセシルの制服に重ねて、何食わぬ顔で部屋へと配布した。

夕食前、食堂でセシルを見かけるとクローネは隣に並んで一言囁いた。

「手に入れたわ」

「了解」


夜、部屋に戻ってクローネは自分の制服の下に隠したものを広げた。

手に入れたのは、食事係の制服だった。

その時、コツンと軽く扉が鳴った。静かにノブが回って、開いたドアからセシルが入ってきた。

「うまくやったわね」

にっと歯を見せて笑うと、セシルはクローネの部屋のベッドに座った。そこに置かれている制服を持ち上げる。クローネは頷く。

「まずは制服の入手」

セシルとクローネの声が重なった。

自分達が着ている灰色の制服のまま養成学校の区画の外へ出ては、すぐに見つかってしまう。本当であればシスターの制服が欲しいところだが、14歳のセシルはともかく、クローネでは明らかに年齢が違うことがバレてしまう。

そこで考えたのが、食事係の制服だった。これならワンピースほどサイズの違いが目立たないし、マスクとキャップもつけるため素顔はほとんど出ない。

食堂から調理場までの道はわかっているし、その途中に外へと続くルートが重なっている。制服さえ変えていれば、一見しただけでは養成学校のある区画から外《はず》れた場所を歩いていても、違和感を与えない。

「そっちは？」

クローネは一つだけある椅子を持ってきて、向き合うように座る。

「一週間見てみたけど、基本的に夜間の監視は三時間ごとで、一階から時計回りに見て回ってるわね」

「部屋自体が施錠されることはないから、じゃあ監視役と鉢合わせさえしなければ、夜に外に出ることはできるってことね」

「あと厄介《やっかい》なのは、監視カメラね」

養成学校の出入り口、そしてその外にカメラがついているという情報は手に入れていた。

セシルは厄介そうに髪を掻《か》き上《あ》げる。

「カメラがどこを映しているかまで把握するのは無理だわ。できるだけ死角を抜けたいけど、最悪チップさえ無効化できていれば、映像に映っても逃げきれると思う。夜間の監視も、席を外す時間があるはずよ」

クローネは椅子を後ろに傾け、天井を仰《あお》ぎ見《み》た。

それからぽつりと、呟く。

「また一人、減ったわね……」

昼間、格闘訓練の負けが重なっていた見習いが、見込みなしの烙印を押された。

『あなたは、もういいわ』

大母様《グランマ》の言葉に、彼女は引きずられながら叫んでいた。

『まだやれますッ！　死にたくない!!』

その断末魔《だんまつま》に等しい絶叫は、最初クローネが感じた恐怖感とは別に、彼女を蹴落とし自分が生き抜いているという罪悪感を直接的に植えつけた。

「そうね」

セシルは肩の髪を払い、淡々と頷く。

「数があまり少なくならないうちに、脱獄を決行しなくちゃ」

今まで分散されていた監視の目が増えるのは、こちらが不利な状況になる。セシルは顎に手をやり、視線を鋭くさせた。

「それに、人数がいることとイコールまだ猶予《ゆうよ》があるという判断にはならないはずよ。最後の一人になるまでシスターを決めない、ということはないはずだから」

「一人選出された時点で、他は……〝出荷〟されるってこと？」

クローネはその状況を思い浮かべてぞっとした。それはもしかしたら、明日決定してしまうかもしれないのだ。

昼間の光景が、そして最初に食堂で見た出荷される見習いの姿が、クローネの中で浮かび上がる。

明日、それは自分の身に起きるかもしれない。

そしてもし自分でなかったとしたら、また冷酷にそれを見送らなければならないのだ。

「クローネ」

うつむいた妹に、セシルは声をかける。ベッドから勢いよく立ち上がったセシルは、背を丸めたクローネの肩を、ばしっと叩《たた》いた。

「しっかりしなさい。私がついてるから」

その青い瞳が、まっすぐにクローネを見つめる。座ったクローネは姉の顔を見上げ、それからちょっと泣き顔になりかけたまま、歯を見せて笑った。

「別に、へこんでなんかいないわよ！」

「うっそぉ、今泣きそうだったくせに」

小突《こづ》き合《あ》いながら、クローネは噛み締めるように思った。

セシルがいてくれて、本当に良かったと。


生きるためには、自分以外を蹴落としていかなければならない。

そう思っているのは、他の見習いも同様だった。

「ねぇ、ちょっと」

一日の訓練を終え、年上の見習いがクローネを呼び止めた。言葉を交《か》わすことはほとんどないが、どんな相手かは知っている。格闘訓練は自分と同列かそれより下、授業はクローネよりずっと成績が良かったはずだ。

「大母様《グランマ》があなたのこと呼んでいたわよ」

思いがけないセリフに、クローネは一瞬言葉に詰まった。

「え、なんで」

無表情で、その見習いは言い捨てた。

「知らないけど、来なさいって言っていたわ」

クローネは表情に出ないように気をつけたが、内心心臓が鳴るのを感じていた。

(まさか……バレた……?)

きゅっと鳩尾《みぞおち》がすくむような感覚がした。クローネはできるだけ平静を装《よそお》って、わかったと返答して歩き出そうとした。

「クローネ。行かなくていいわよ」

背後からかかった声に、クローネは驚いて振り返る。

「今、大母様《グランマ》達、部屋で会議中よ。そんな中に入っていったら……」

セシルは大袈裟《おおげさ》に眉を持ち上げ、おどけたジェスチャーをした。

「チッ」

舌打ちをして、年上の少女は足早に立ち去った。その反応で、今のが全て、クローネを陥《おとしい》れるための罠《わな》だったと判明した。

「ありがとう、セシル」

「クローネ、あんた動揺してるのバレバレじゃない」

遠慮のない物言いに、クローネはむっと眉を寄せる。

「だって普通、作戦がバレた方を考えるでしょ。それに、なんで嘘《うそ》かどうかなんてわかるのよ」

セシルは肩をすくめ、それから指を立てた。廊下を歩きながら口を開いた。

「あのね、人間はその場に立っているだけで、情報の固まりなの」

姉の語る言葉の意味がわからず、クローネは首をひねった。

「どういうこと……？」

「例えば『大母様《グランマ》が呼んでる』って言う時、彼女の声は小さかったし、視線がクローネの先の廊下を見ていた。これは他の教育係が通りかかって聞かれるのを恐れてるから。本当に頼まれたことなら、もっと自信満々に言うはずでしょ。まして呼び出しなんて、普通悪い方に考えるじゃない？　これみよがしに言ったっていいはずなのに」

「あ……」

クローネは彼女に感じた最初の違和感の理由に気づいた。あの見習いなら、意地悪そうに告げてくるはずだ。

「それに、彼女の目線は右上に上がりがちだった。クローネが何か聞き返してきたら、それらしく答えようと、作り話を考えてる証拠よ。本当に言われたことを伝える時なら、人間ってまっすぐ相手を見るか、左上に目線が行くものだから」

態度、目線、瞬《まばた》き。汗、仕草、瞳孔《どうこう》、脈拍――。

クローネの前で、セシルが一つ一つ指を折っていく。

「人間には、言葉以外の無数のサインが存在するのよ。全てが、相手を探るためのヒントになる」

セシルは折った指を、クローネの前で開いた。その指越しに、クローネをひたと見つめる。セシルは企《たくら》み顔《がお》で笑う。

「だから嘘をつく時は、本当のことや、それに近いものを混ぜるの。そうすると脳が嘘をついていると思わないから、動揺しにくいのよ」

セシルの話を聞きながら、クローネは深く頷いた。

「なるほど。自分自身も、騙《だま》すってわけね」

「その通り」

クローネはそれから、相手が何か喋《しゃべ》る時は常に言葉以外にも目を配るようになった。

# 7

クローネは日を追うごとに、養成学校で生き抜く術《すべ》を身につけていった。

勉強や訓練だけではなく、日常生活でも決して隙を見せない。常に周りを警戒し、教育係の前では大人しく優等生を演じる。他の見習い達をよく観察し、その性格や癖を分析した。例えば他人への攻撃性が高い見習いもいれば、他人には極力関《かか》わらないようにしている見習いもいる。それぞれの個性を見ることで、弱点が浮かび上がってくる。

クローネより先にここへやってきていた若い見習い達は、すでにこの時点で三人がいなくなっていた。

それはある意味で当然だった。

見習いとして訓練を受けているのは12歳から16歳までの少女達だ。たとえハウスでは優秀な成績を残し、ママから推薦されてここへ来たのだとしても、12歳の少女が何年もここで戦ってきた姉達にたやすく勝てるわけがなかった。

初めに弱い者から淘汰《とうた》されていく。

新入りは真っ先に標的となった。それは訓練の時もそれ以外の時も区別がなかった。格闘訓練中の反則ギリギリの攻撃や、授業での妨害、いじめ。食事を摂《と》る時でさえ、目を離した隙に何をされるかわからなかった。一人に狙いが決まれば、それらは執拗《しつよう》に繰り返された。彼女達に味方はいない。今まで兄弟達と平和に暮らしてきた少女にとって、それは訓練の厳しさ以上に、辛《つら》く過酷なことだった。

クローネが生き残っていられたのはもちろんセシルがいたことが大きかったが、クローネ自身もこの状況にすぐに適応していったからだ。そういった陰湿な足の引っ張り合いにいち早く対抗策を講じ、自分は他の新入り達とは違うのだと周囲の見習いを牽制《けんせい》した。

同時にセシルにとっても、クローネと手を組めることは強みだった。

ここでは味方を作り、共闘することが難しい。同じハウスの出身者と出会う確率は少なく、ここへ来てから他の見習いと取引し関係を築くことは困難だ。リスクの方が高すぎる。

誰もが疑心暗鬼になっている。

だが全員が一人で戦っている中、クローネとセシルだけは唯一《ゆいいつ》、周りと一対二で戦える有利さを手に入れていた。

訓練内容の中には、医療技術もふくまれている。

飼育場《プラント》では、多少の病気や怪我《けが》は、飼育監《ママ》が治療を行うことになっていた。もちろん重体となれば本部の医療施設へ搬送《はんそう》するが、そうすれば本部の存在が知られてしまうこととなり、治療してもハウスへ戻すことが難しくなる。

基本は飼育場《プラント》内で治療する方針であり、普段から負傷や疾患のリスクを減らし、健《すこ》やかな商品を育てることが求められていた。

そのため見習い時代から、医療行為に関する知識・技術は必修だった。

教育係が壇上で説明をする。今日は注射の手技のテストだった。

「局所麻酔の注射は採血と異なり、皮下に行います。針もそれに合わせたサイズを選ぶように」

医療器具に恐々触れる新人もいれば、何度か経験があり、慣れた動作で自分の作業台へ注射器や薬品を運ぶ者もある。

「では全員、注射に薬液を準備し、模型に刺すところまでチェックします」

評価を書き込むためのボードを片手に持ち、教育係が順々に見習い達を回っていく。注射針、消毒綿、手袋やゴミ箱を作業台にきちんと揃えていく。麻酔薬の瓶は正しい薬品を準備できているか、注入する量はあっているか見られる。

隣の席の見習いが、セシルの物品をちらちらと見ていた。そして全員の視線が他へ逸《そ》れている隙に、その麻酔薬の瓶を素早く奪い、ふたを開けて用意していたゴミ箱の中へ捨てた。中身がこぼれたのを見て、少女は鼻で笑った。

順にチェックが進んでいく。

もうすぐ自分の番という時、セシルは靴紐《くつひも》を直すようにしゃがんだ。

「次、72684」

はい、とセシルは返事をし、揃えた物品を手に取る。右手で注射器を持ち上げ、左手で麻酔薬の瓶を取った。

（は？　なんで、あるのよ……）

確かにあの瓶は捨てたはず、と少女は狼狽《ろうばい》した。ゴミ箱をちらっと見れば、確かに瓶はそこにある。少女は混乱したが、顔に出せば自分の悪事も露呈《ろてい》する。素知らぬ顔をして、セシルがチェックされるのを見守っていた。

「合格。いいでしょう」

よどみなく注射の技術を披露《ひろう》したセシルは、教育係が次の順番に移ると、薬品瓶を持ち上げて、隣の見習いへ顔を向けた。

「ふふ、どうかした？」

余裕に満ちたセシルの顔に、一泡吹かせようと画策《かくさく》した少女は悔《くや》しげに呟いた。

「……なんでよ……」

少女の声に、セシルはその瓶をコトンと置き、指で撫でた。

「さぁ？　親切な誰かが貸してくれたんじゃない？」

セシルはすっとぼけた声で囁いた。

少女は自分の作業台の上を見た。

そこに、用意しておいた麻酔薬の瓶はなくなっていた。少女は大きく目を瞠《みは》る。自分の手元に影が落ちたことに気づいて、はっと顔を上げた。

「次、始めなさい」

教育係の無情な声に、少女は「あ……」と小さく息を漏《も》らして震えた。セシルの作業台を見ていたせいで、自分の瓶が隣から伸びた手に奪われていたことに気づけなかった。

あの時セシルが靴紐を結んだのは、床を転がってきた瓶をキャッチしたからだ。

少女の机を挟んで、クローネとセシルは、目だけで笑った。

## 8

授業だけではなく、格闘訓練においても共闘は有利だった。

「あいつ、左側からの攻撃が苦手よ。後、蹴りに気をつけて」

「オッケー」

セシルのアドバイスに、クローネは唇を動かさず返答する。

格闘訓練は、座学の授業以上に、クローネはめきめきと成績を伸ばしていった。元々恵まれた体格であり、俊敏《しゅんびん》さとパワーの両方を備えていた。加えて相手をよく観察し、対戦する時の状態やいかに自分に有利な状況を作るかを考えて動いていた。

「フンッ」

少女の体は大きく浮き上がり、得意の蹴りを出すこともできず、クローネの背負い投げが決まる。

一人目を易々《やすやす》と倒したクローネは、初めての訓練の時に試合をした年上の少女と、再び戦うこととなった。

華奢《きゃしゃ》なほど痩せた体つきの、あのシスター見習いだ。今度はクローネもその容姿に油断することはなかった。向こうもクローネの現在の実力はわかっており、表情に慢心は見てとれない。

「始めッ」

合図が飛び、クローネは今度もまた思いっきり突っ込んでいった。（は？）てっきり前回の敗北から学んで、慎重になると思っていた見習いの少女は、クローネの猪突猛進な攻撃に呆《あき》れた。

（こいつ、馬鹿なんじゃないの？）

また同じように、軽く横に躱そうとした時だ。その方向から足が迫っていることに気づいた。ほぼ同時に強烈な蹴りが入る。

「く……っ」

少女は横に吹っ飛ばされ、転がった。慌《あわ》てて起き上がるが、その時には腕を取られていた。前回と、完全に立場が入れ替わった状態で、クローネは相手の関節を極《き》める。

「ぐぅッ」

しかも膂力《パワー》はクローネの方が上をいっているのだ。関節が外れかける一瞬前にクローネは手を放した。そして倒れている少女に囁いた。

「……甘く見ないでよね」

列に戻ったクローネに、セシルは視線を合わせないまま囁く。

「上出来」

「言ったじゃない」

クローネは唇をほんの少し持ち上げる。

「〝今度は負けない〟って」

通り過ぎざま、二人はその拳を軽く打ち合わせた。


セシルとクローネの快進撃は止まらなかった。

授業の成績は姉達を抜き、訓練でも次々勝ち星を奪っていった。今までズルや反則技を使ってきた少女達は、それをことごとく見抜かれるため実力で勝負するしかなくなった。

そうして実力だけの戦いになった時こそ、セシルとクローネはその本領を発揮した。

それは次の格闘訓練の時だった。教育係が、二人の番号を一緒に呼び上げた。

「では次、18684。72684。前へ」

二人とも表情には出さないながら驚いた。ちらりとお互いへ視線を向ける。

（セシルと試合……）

クローネはここへ来てから今まで、セシルと対戦することはなかった。

正面に立ったセシルは、笑み一つ浮かべずクローネへ目線を向けた。そこにいるのは、自分より後からやってきた、ただのシスター見習いの一人にすぎないとでも言うような冷ややかな眼差しだった。

それを受けてクローネも、セシルを睨《にら》む。先輩見習いと対峙《たいじ》し、緊張しつつも戦意に満ちた顔を作った。

合図とともに、間合いを一気に詰められる。

「ハッ」

セシルの打撃は本気だった。もし手を抜けば、監督している教育係もその後ろに立つ大母様《グランマ》も、即座にその〝手加減〟に気づくからだ。彼女達は、ここを生き抜いてきた大人なのだ。

だから本気で戦うしかない。

「……ッ」

けれどクローネも、ただやられているわけではなかった。

打ってきたセシルの腕を摑むと、腰をためて投げ飛ばそうとした。

セシルが本気で攻撃を仕掛けられるのは、クローネがそれを受けられるとわかっているからだ。そしてクローネもまた、自分が本気で攻撃したくらいでは、セシルが倒れるわけがないとその実力を認めている。

だからお互い、何の演技もなく戦えた。

一瞬の隙をつき、セシルがクローネの足元を切るような速さで払った。クローネの体が宙に投げ出され、床に後ろから倒れる。

セシルは呼吸を整え、クローネを見下ろして衣服を直した。

「ああ、くそっ！」

歯を剝《む》いて口走りながら、クローネは笑いそうになってしまった。やっぱりセシルは強い、と清々《すがすが》しく感服する。

「ねぇ、私達ならこのまま一気にママの座まで行けちゃうんじゃない？」

一日を終え、部屋へ戻る途中に、クローネはセシルに耳打ちする。それを聞いてセシルは呆れた。

「バカね、クローネ。まだシスターにもなってないのに」

妹の言葉に、くくっとセシルは痛快そうに笑う。

「でも、かもね」

セシルの答えに、クローネも、最初にここへ来た時の不安は吹き飛んでいた。

自分達二人なら、向かうところ敵なしだと、本気で思っていた。

## 9

セシルとクローネは、夜にどちらかの部屋で話し合いを繰り返した。セシルの計画に、クローネはベッドの上で腕組みする。

「やっぱり、肝心《かんじん》なのは大母様《グランマ》の懐中時計よね」

椅子に座ったセシルは髪を掻き上げた。

「うーん、どうやったら奪えるかしら」

「肌身離さずだもんね」

クローネは足を引き上げ、あぐらをかく。

あの大母様《グランマ》から懐中時計を盗むなど、バレたら即出荷どころではない。その場で殺されても不思議ではない。

「大母様《グランマ》の行動パターンの情報がいるわよね」

「決まった時間に何をしてるか……もう少し調べないと」

ぼすっとクローネはベッドに倒れ込んだ。

「ねぇ、セシルは外へ出たら何したい？」

天井を見上げたまま尋ねたクローネに、セシルは眉を持ち上げる。

「なぁに、急に」

「よく話してたじゃん、ハウスにいた時。里親のところに行ったら、何したい？　って」

クローネは思い出して、ふふっと笑いを漏らす。くすんだ天井も固いベッドもハウスの頃とは違ったけれど、こうしてベッドに寝転がって姉と話していると、時が巻き戻ったような気がした。クローネは楽しげにまくし立てる。

「私はね、もっと色んなスポーツやってみたかった。で、色々極《きわ》めて世界一になって取材とかいっぱい受けて大富豪！　それで王子様からプロポーズされて、幸せな家庭で優しいママになるの！」

「クローネ、欲張りすぎ!!」

セシルは妹の願望に思わず笑い出した。

「私はね……」

言いかけたセシルは、少し間《ま》を開けた後、首を振った。

「やっぱり言わない」

「ちょっと言いなさいよ！　ずるい、一人だけ!!」

ベッドから身を乗り出したクローネが、セシルの服を掴もうとする。わかったわよ、とセシルはクローネの腕を引《ひ》き剝《は》がしながら、観念する。

「私ね、クローネみたいになりたいなぁって思ってたの」

そう言って自分の髪に触れる。

「……だからひそかに、外に出たら黒く髪染めてフワフワにしたいなって、思ってた」

「えええっ!?」

クローネ、声っ、と姉にたしなめられて、クローネは慌てて口を押さえる。

「私ずっと、セシルみたいなまっすぐな金髪に憧れてたのに！　なんで⁉」

「だってボリュームがあってかっこいいなって。私の髪ってなんかぺたっとしてて好きじゃない」

「はぁー？　贅沢《ぜいたく》‼」

クローネは立ち上がり、セシルの髪をぐしゃぐしゃにした。もうやめてよっと笑いながらセシルはクローネの手から逃《のが》れる。椅子から立ち上がったセシルは、髪を直すと自身もベッドに腰かけ、そのまま後ろへ倒れた。

「容姿だけじゃないってば。ハウスにいた頃、クローネ、私がからかわれてたら、真っ先に来て一緒に戦ってくれたじゃない？　味方がいて、嬉しかったんだ」

クローネはその時のことを思い出す。

負けん気の強いセシルに憧れて、いつもくっついていたのは自分の方だと思っていたのに。そんなふうに思われているとは、知らなかった。

クローネは、ベッドの上に転がる。それからにやっと隣にいるセシルに笑いかける。

「あいつらあんなことばっか言ったのはさ、絶対セシルのこと意識してたからだよ」

「あはは！　ほんと男子ってバカよね」

言ってから、セシルもクローネも少し黙って、天井を見つめていた。

あいつも、あいつも。みんなもう、この世にいないのだ。

「……ねぇもし養成学校なんてなくて、本当に外の世界で暮らせてたら、私達普通の女の子になれてたかな？」

セシルの言葉に、クローネも笑みを取り戻す。

「可愛い服着たり」

「好きな人できたりとか？」

二人はどちらともなく、くすくすと笑い出した。

それが夢物語でしかないことはわかっていた。たとえ脱獄が成功したとしても、もう自分達が普通の女の子として、何も知らずに生きていけるわけではない。

それでもこうしている今だけは、セシルもクローネもただの少女のようにふざけ、笑い合うことができた。

# 10

脱獄計画は、懐中時計の奪取以外は、おおむね順調に進んでいた。

そんな中で、その事件は何の前触れもなく起こった。

「いない？」

朝の点呼で、一人のシスター見習いが部屋から出てこなかった。すぐに教育係が扉を開け、中を確かめた。室内には誰の姿もなかった。

「全員一階に整列。指示があるまで待機しなさい」

教育係の命令で、二階の自室前に立っていたクローネ達は階段を降りる。一階の部屋の見習い達は、すでに列を作っている。

移動する途中、クローネはちらりとセシルを見た。セシルもまた、クローネに目配《めくば》せした。

（私達より先に、誰か脱獄した……？）

消えた見習いにざわめいたのは、クローネとセシルだけではなかった。全員表情にこそ出さないが、列を組んだまままいまだかつてない事件に浮足立っていた。

教育係が連絡を入れたのだろう、養成学校の居住エリアへ踵を鳴らして大母様《グランマ》が現れる。目の前に立つ黒いドレスに見習い達は息を詰めた。

「夜の時点ではいたのですね」

隣の補佐役に確認し、大母様《グランマ》は懐中時計を取り出す。扉を開けて、もう一人の補佐役が入ってきた。大母様《グランマ》に何事か耳打ちする。

「見つかった？　そう」

クローネはその呟きに、ひそかに息を呑んだ。早すぎる、と思った。不在が判明してから発見されるまでの時間は、クローネが想像していたよりはるかに早かった。

これではまるで、初めから自分達の位置がわかっているかのようではないか。

「ちょうどいいわ」

大母様《グランマ》は列を作ったままの見習い達を見渡した。

「全員ついてきなさい」

連れて行かれたのは、普段は立ち入ることのない監視室の一つだ。モニターが並んだその一つに、灰色の人影が映っている。養成学校を逃げ出した少女だった。

「よく見ておくのよ」

大母様《グランマ》の声が室内に静かに響いた。モニターの光がその顔に、不気味な陰影を作り出す。

クローネは、画面の中の少女の、一挙手一投足を見守った。このままどこまで行けるのか。敷地の外へ出れば、チップが心臓を止めてしまう。彼女は解除に成功したのだろうか。それとも別の抜け道があるのだろうか。

そしてクローネ達が固唾《かたず》を呑んで見守る中、敷地の中と外との境界線は——唐突に現れた。

走っていた見習いの体が、突然何かに突き上げられたように大きく揺れた。動かしていた足がからみ、体を支えきれなくなった。灰色の制服を着た影は、そのまま斜め前へ倒れ込んだ。

動かなくなった少女の体を、追いついた外回りの怪物が、ゴミでも拾うようにして回収していく。

「…………」

モニターに映し出された映像に、全員凍りついていた。

これまでも落第し、出荷が決まった見習い達をたくさん見てきた。だが目の前で、こうして命が奪われるのを見るのは初めてだ。

同じ服を着た少女が倒れるのは、容易に自分に置き換えて想像することができてしまう。

クローネは彼女と同じ機械を宿した心臓が、嫌な脈を打ち始めるのを感じる。

順調に進んでいるように思えていた計画が、突然無謀《むぼう》な――死に向かっているだけの愚行に思えた。

クローネは、自分の体から、あんなに満ちていた希望も万能感も、全て流れ出ていくような気がした。


その日は一日、どの見習い達も暗い顔をしていた。脱獄計画を進めていたクローネにとっては、〝目《ま》の当《あ》たりにした同じシスター見習いの死〟以上の意味があった。

いつもなら一日の教科を全てこなした後も体力は十分に残っていたが、今日はすぐに体を横たえたいと思うほど、疲れきっていた。

決められた時間、クローネは他の見習い達とともにシャワーを浴びに移動したが、正直入浴などせずに先に眠ってしまいたいくらいだ。

「…………」

頭の中ではずっと、脱獄が失敗した時のことが巡《めぐ》っていた。

朝に見た映像が繰り返される。一度大きく揺れて倒れた少女の姿が、ずっと頭の中で再生され続けている。

シャワー室には、先に使用していた見習い達がまだいた。脱衣所で新しい服に着替えているセシルの姿を見つけ、クローネはその隣のロッカーに自分の着替えを置いた。

「セシル……」

その声は、自分で聞いても情けないくらいに震えた。

「ねぇやっぱり……無理なんじゃない？」

「…………」

セシルは初め何も言わずに黙っていた。濡れた髪をタオルで拭《ふ》きながら、険《けわ》しい顔をしてしばらく宙を睨んでいたが、おもむろに呟いた。

「クローネ、もし、計画を諦《あきら》めたら、二人で一緒に生き残れる道はなくなるわ」

それはクローネもわかっていた。

だが実行しても、待っているのは二人一緒に死ぬ……ことになるのではないだろうか。

それなら選ばれなくても出荷ではない可能性に賭け、脱獄は諦める、もしくは延期することを考えるべきなのではないだろうか。

セシルは横を向いて、にこっと笑った。

「大丈夫よ。私達二人なら、きっと成功させられる」

それは自分自身に言い聞かせているような口調だった。クローネはセシルを見返す。笑うその顔がまた少しやつれたような気がして、クローネは眉を寄せた。

「……正直ね、私もあの刺繍を受け取った時、何度も思ったの。脱獄なんて無謀だって。託してくれた姉もいなくなって、一人で計画を進めるなんて無理って思って、でも引き継いできた意志を無駄にはしたくなくて……。すごく心細かった」

セシルは初めて、弱音を吐露《とろ》した。

「だからね、クローネ。あなたがここにやって来た時、本当に嬉しかったの。きっとハウスに残してきた子達はみんな、出荷されたんだって思っていたから」

クローネが生きていてくれて、本当に嬉しかったの。セシルはそう言って、安心させるように笑った。

「今ここで諦めたくない。もしそれでクローネが出荷になるようなことになったら、絶対後悔するから」

セシルの言葉は、クローネの感情をそのまま代弁していた。クローネは思わず、笑い声を漏らした。

「何？」

怪訝としたセシルに、クローネはからかうように言う。

「だってセシル、シスターに選ばれるの当然、自分だと思ってるんだもん」

クローネの指摘に、セシルは自分のセリフを思い返す。そして同じように吹き出しかけ、冗談めかして胸を張った。

「そりゃそうでしょ？」

「うっわ、何その自信」

軽口を叩いている間に、不安は消えていた。一人で考えていた時は、絶対無理だと思っていたことも、二人で話していると笑い飛ばせてしまう。

「じゃあねクローネ、また」

セシルが自分の洗濯物を抱《かか》えた。「うん」と一つ頷いたクローネは、シャツを脱ぐ。その時、はたと動きを止めた。

「ねぇセシル……私、閃《ひらめ》いたかも」

クローネは脱いだグレーの制服を握ったまま、セシルへ向き直った。

「大母様《グランマ》から、懐中時計を盗む方法」

声をひそめて告げられたセシルは、大きく目を見開いた。

## 11

脱獄の決行は、次の金曜日の夜と決まった。

金曜夜は、クローネ達数名が洗濯の当番を割り当てられていた。

洗濯室は浴室と廊下を隔《へだ》てて隣接している。浴室はこの場所以外にもあるが、大母様《グランマ》が養成学校での打ち合わせ後、金曜夜は必ずこの時間に、この浴室を使うこともわかっていた。

懐中時計は、常にそのポケットに収められ、奪う機会を作ることは困難だった。

だがどんなに肌身離さずだとしても、入浴する時に一緒に懐中時計を持ち込むことはできない。

クローネは、洗濯物の回収のふりをして、シャワールームの扉を開けた。すでに他の見習い達は洗濯物を持って引き返していた。

心臓の音がうるさく、呼吸をするのもままならないほど、緊張していた。

(大丈夫……たとえ見つかっても、洗濯回収のふりをすればいいだけよ)

脱衣所のロッカーに、それはあった。

タオルと一緒に置かれた金色の時計。クローネはちらりと、奥の扉を見た。その向こうが浴室になっていたが、締めきられたそこの気配を察することはできない。

ぐずぐずしてはいられなかった。

クローネは懐中時計に手を伸ばし、盗った。ずしりと手の中に重たい懐中時計を、そっと衣服の中に混ぜて部屋を出た。

すぐに洗濯室へ入り、奪ったそれを手に置いた。これでチップを無効化できる。クローネははやる気持ちを抑え、懐中時計を開いた。

「何……これ……」

開いた懐中時計の中は、モニターになっていた。簡単な地図に、所在を知らせる点が移動している。他にスイッチなど、操作するパーツはついていない。

クローネは一気に血の気が引いた。

これはチップを止める機械ではなかったのだ。

（は……早く、セシルに伝えなくちゃ……ッ）

計画は中止だ。クローネは一瞬迷ったものの、懐中時計を大母様《グランマ》のもとへ戻すべきだと判断し、素早く身を翻《ひるがえ》した。気づかれないうちに戻すことができれば、未遂でバレることはない。そしてすぐにセシルへ伝え、計画を練《ね》り直《なお》す。

廊下を進み、クローネはシャワールームを開けた。そこには、すでに誰もいなかった。

（やばい……）

手の中にじわっと汗が吹き出た。動転しそうになる頭を必死で落ち着かせる。気づかれないうちに戻せないなら、懐中時計を自分が持っていることがバレてはいけない。どこかに捨てて戻るべきか、見つけられる前に、セシルと合流すべきか。

（とにかく一度、セシルに会うべきだわ……）

踵《きびす》を返した時だった。

「クローネ」

配管の剝《む》き出《だ》しになった廊下に、セシルが立っていた。その姿にクローネは泣き出しそうなくらい安堵した。

「セシル！」

駆け寄ったクローネは、そこでびくりと、足を止めた。

廊下の角から、セシルのそばへ黒い影が近づいたからだ。

「……グラン、マ……」

セシルの隣に立ったのは、大母様《グランマ》だった。

冷水を浴びせられたように、クローネはその場で動けなくなった。バレたのだと思った。自分達は脱獄に失敗したのだ。クローネの頭の中を一気に、出荷と死の想像が駆け巡った。

セシルの言葉を、聞くまでは。

「……大母様《グランマ》、あなたの懐中時計を盗んだのは、Ｎｏ．１８６８４、クローネです」

感情のない表情でクローネを見つめたまま、セシルはそう言った。

「え……」

クローネは耳を疑った。今、セシルは何て言った。頭では状況を整理しようとしていたが、感情が目の前で起きていることを受け入れなかった。

「セ、シル……？」

名前を呼んでも、姉は冷たい瞳で見返すだけだ。大母様《グランマ》が言った。

「No．18684、クローネ、右手を開けなさい」

大母様《グランマ》はいつも通り黒のドレスをきっちりと着ている。髪も濡れておらず、入浴を済ませた気配はない。

（一体、いつから……）

いつの間にか、息が乱れ、肩が震えていた。クローネはよろめくように近づき、右手に握り締めたものを、大母様《グランマ》の前へ差し出した。

その手から、大母様《グランマ》は金の懐中時計をゆっくりと取り上げた。鎖がじゃらりと鳴って、持ち主の手へと帰る。

「No．72684、セシルはこれまでも、見習い達の中に不穏な動きがあれば報告してきてくれていました。そして今回はあなたが、この養成学校から脱獄しようとしている事実を教えてくれました。そのために私の発信器のモニターを盗むつもりだと」

大母様《グランマ》の語る言葉に、クローネは反射的に叫んだ。

「ち、違います！　それはセシルが」

クローネの背後から、補佐役二人がやってきていた。廊下で挟み撃ちになり、もはやクローネに逃げ場はなかった。

セシルはゆっくりとクローネに近づき、その耳元で笑った。

「馬鹿ねぇ、クローネ」

言ったじゃない、とセシルは片頬をつり上げて嘲笑《ちょうしょう》した。

「みんなどんな手を使ってでも生き残ろうとするって」

クローネは喘《あえ》ぎながら、ただその顔を見ていることしかできなかった。セシルは顎を持ち上げた。

「ちゃーんと忠告してあげたのに、隙を見せる方が馬鹿なのよ」

「セシル……じゃあ、初めからずっと、私を騙してたの⁉」

声を震わせるクローネに、セシルは唇をつり上げ、告げた。

「ふふ、あの時のあんたの刺繍、誰が隠したと思う？」

セシルが言っている意味を理解し、クローネは戦慄《おのの》いた。

あの日、セシルと再会した時のことが鮮明に浮かぶ。提出用の刺繍を拾ってくれたのは、セシルだった。

「う、そ……」

クローネの口からこぼれ出た言葉に、セシルは髪を払った。

「あんたが協力してくれたおかげで、他の見習い達を蹴落としていくのも楽だったわ」

セシルは目を細めて見下ろした。

「ありがとね、クローネ」

ふふっと口に手を添《そ》えて笑うセシルに、クローネは逆上した。

「セシル――――ッ!!」

飛びかかろうとしたクローネを、教育係のシスターが取り押さえた。大母様《グランマ》が部下に指示をする。

「連れて行きなさい。１８６８４、あなたはシスター候補から外されました」

「待って、グランマ！　この脱獄の首謀者《しゅぼうしゃ》はセシルなんです！　私は騙されただけなんです!!」

引きずられていくクローネを、セシルは大母様《グランマ》の隣で、勝ち誇った笑顔で見送った。

## 12

個室に閉じ込められ、どれくらい経ったか。

〝落第〟したということは、自分を待っているのは〝出荷〟だ。待つようにとしか言われなかったが、きっと今、出荷のための準備が進められているはずだ。

クローネは配管の剝き出しになった灰色の壁を、じっと睨み続けていた。

(……許せない……)

あの日、再会した時から、セシルはずっと自分を騙していたのだ。助けるふりをして信頼させ、味方につけて利用し続けていた。脱獄の話を持ちかけたのも、大母様《グランマ》に密告するチャンスを作るためだったのだ。

セシルは、クローネが今日、懐中時計を盗むことをあらかじめ大母様《グランマ》へ密告していたのだ。大母様《グランマ》は浴室に時計を用意しておき、クローネが盗みに来るのを待ち構えていたということだ。

入浴中なら懐中時計を手放すと言い出したのは自分だ。それともそれすら、セシルに誘導されていたのだろうか。クローネは自分の思いつきまで全部、セシルの手の上だったような気がして、悔しさと腹立たしさに部屋のテーブルを蹴った。

「なんでよ……」

全部嘘だったなんて。

『クローネは変わらないわね』

あの頃と同じ、頼もしい姉だったのに。

『私はずっと、クローネみたいになりたかったの』

そう言ってくれたのに。

『あなたがここにやって来た時、本当に嬉しかったの』

軋《きし》るほどきつく歯を噛み締めながら、クローネはどうしても、涙が溢れるのを堪えきれなかった。

（なんでよ……）

こんな過酷な生活の中で、信頼できる味方がいることが、どれだけ心の支えとなっていたか。

それはセシルだって一緒だと思っていたのに。

「そう……わかったわよ……」

クローネは涙を垂れ流したまま、歯を食いしばって、前を向く。

この世界では、裏切り、蹴落とし、引きずり落として、生き残っていく道しかないのだ。

生き残る、ためには——。

「Ｎｏ．１８６８４、出なさい」

扉が開き、黒いドレスの大母様《グランマ》がそこに立っている。部屋の中の机が倒れていることには、何も言わなかった。クローネはうつむいたまま、呟いた。

「大母様《グランマ》……セシルが脱獄の首謀者である証拠があります」

ぴた、と大母様《グランマ》が足を止めた。悠然《ゆうぜん》と、顎を持ち上げてクローネを振り返る。

「証拠、というのは？」

クローネはゆっくりと伏せていた顔を持ち上げた。そこにはもう、涙はなかった。

「〝ガサ入れ〟をしてください……」

暗い笑顔を浮かべたクローネは、大母様《グランマ》へそう告げた。

## *13*

朝食後、大母様《グランマ》は見習い達を整列させた。

大母様《グランマ》の隣に、連れてこられたクローネは立たされた。その姿に、見習い達の列の中でセシルは冷笑を浮かべていた。

「今日は大変残念なお知らせがあります」

大母様《グランマ》は切り出した。

「シスター候補から、一人がいなくなります」

それを聞き、並んだ見習い達は、それが誰のことを指しているのか予想がついた。

大母様《グランマ》は静かに口を開いた。

「No．72684。あなたは〝落第〟しました」

うすら笑いを浮かべていたセシルは、今呼ばれたのが自分の番号なのに気づいて、声を漏らした。

「え………」

呆然と、大母様《グランマ》を見返した。

「どう、して……」

眉一つ動かさないまま、大母様《グランマ》が取り出したのは、練習用の刺繍枠だった。

あの、刺繍だ。

大母様《グランマ》は蝶の縫い取られたそれを、裏返しにしてセシルへ見せる。

「これは、本部の見取り図になっていますね」

大母様《グランマ》の指が、青い糸をたどっていく。

「この縫い取りの糸には、かなり過去のものもある……一か月前に養成学校《こ こ》へやってきたNo．18684、クローネが脱獄の首謀者とは考えにくい」

セシルの視線がゆっくりと、大母様《グランマ》の隣に立つ、クローネへ向けられた。セシルは愕然《がくぜん》と、クローネを睨み据えた。怒りで肩を震わせる。

「……クローネ、あんた……あの刺繍を」

脱獄することを願い、今までの見習い達が祈りをこめて、縫い繋いできた地図。

「なんて、ことを……ッ」

喉《のど》から絞り出すセシルの声を、クローネは一笑した。

「あんたが悪いのよ。セシル」

クローネは歯を見せた。立場は逆転した。今勝ち誇って笑うのは、クローネだった。

「私を裏切ったりするから……」

青ざめているセシルへ、大母様《グランマ》は淡々とした口調で続けた。

「もちろん18684が、私の懐中時計を盗んだ事実は変わりません。ですが、どうやらそれはあなたの指示だったようですね。今回の処分はあなたとします」

大母様《グランマ》の決定に、セシルは激昂《げっこう》した。

「そんなッ！　どうして！　嫌よ!!」

髪を振り乱し、セシルは叫んだ。周りの見習いを突き飛ばし逃げようとしたが、すぐに補佐役に取り押さえられる。

「クローネッ!!」

床に押さえつけられたセシルを、大母様《グランマ》の隣に立つクローネが見下ろした。

「じゃあね、セシル」

クローネは満足げに笑い、連れて行かれる姉を見送った。ひらひらと手を振る。

まるでハウスから、旅立つ姉を見送るように――。

14

大母様《グランマ》は自分の書斎に入っていく。

手に入れた刺繍の見取り図を机に置くと、ゆったりと椅子に座った。ふぅと息を吐き、薄く口元だけ笑みのかたちに変えた。

「戦利品としては、まあまあかしらね……」

セシルとクローネの不穏な動きについては、大母様《グランマ》のところまで報告が上がってきていたが、あえて泳がせていた。すぐに処分してしまえば、隠し持っている武器や情報が埋もれたまま探し出せなくなる。

大母様《グランマ》はシスターへ推すのは一人だけだと宣言し、二人が行動に移るのを待った。

セシルが自分に「クローネが脱獄を計画している」と密告してきた時に、セシルのシナリオを理解した。反逆の意思があるクローネを売ることで、自分の点数を一気に稼ごうとしたのだ。

だが大母様《グランマ》は、セシル側が持っている情報も手に入れる必要があった。

クローネに話をする機会を与えたのはそのためだ。

結果としてクローネから得られたものの方が大きかった。

それは、この見取り図を写した刺繍についてだけではなく、クローネというシスター見習いに関しても、だった。

（シスター・クローネ……いえ、まだ決めるつもりはないけれど）

ふふ、と大母様《グランマ》は笑った。

椅子を回し、背後の大きな窓から外を見る。ここからだけは、空が見られるようにしてあった。四角く区切られた窓の形に、明るい青空が広がっている。

――競え。

それは淘汰していくために掲げている命令だった。

より優秀な飼育監を育てるため、互いに競い合い、蹴落とし合わせる。

それがここでの、〝教育〟だった。

自分が求めるのは、この地位をより確かなものにするための手下であり、自分と同じ冷酷な支配者だった。

## *15*

それからクローネは、〝セシルに騙されて時計を盗んだ〟という減点を挽回《ばんかい》するため、無我夢中で成績を上げていった。

膨大《ぼうだい》な本を読み勉強し、苦手だった刺繍は誰よりも早く完璧に仕上げられるようになった。手先の不器用さは努力で補えるのだとわかった。格闘においては、言うまでもなくだった。クローネは強敵の姉達も次々と打ち破っていった。

シスターへの推薦者を決定する日、大母様《グランマ》は全員に向けて言った。

『外に人間はいない』

競え、と大母様《グランマ》は繰り返す。

外への希望を断たれ、クローネはただ無表情に立ち続けた。

(ああ、なんだ……やっぱりそうなんじゃない)

聞いた時、胸に広がったのは、落胆よりもっと重みのない感情だった。外へ出たら……

などと希望を口にしていた自分達がひどく馬鹿馬鹿しく思えた。

自分達、とクローネは、あの時は確かに二人分だった呼称を一瞬だけ懐かしむ。

けれどすぐに、感傷は消えた。この世界で、自分以外の誰かを信じれば、待っているものは裏切りと死だけだった。ここにある選択肢は『出荷』か『飼育監への道』の二つだけなのだ。

『競え』

そうだ。

死を押しつけられる前に、誰かにそれを押しつけなくては。

クローネは養成学校の古株達を抜いて、シスターへ昇格した。灰色の見習い時代の制服を脱ぎ捨て、黒いワンピースに白いエプロンを、誇らしげに身につける。

シスターとなれば、本部の中でも活動できる区画が増える。

その鬼と人間のやりとりを見たのは偶然だった。

人間の男は、立ち去っていく時にペンを一本、落とした。カツンと床に当たって音が鳴ったので、落としたことには気づきそうなものなのに、と思ってクローネはそれを拾った。

そしてそのペンが、ただの〝落とし物〟ではないことを知った。
W．Mのイニシャルと、ペンの内側に隠された〝B06-32〟の文字。
それが何か、クローネにはわからなかった。ただこのペンを落とした男は、怪物達と対等に話していた。

「外にある……人間の世界……」

クローネはそのペンを、ポケットに仕舞《しま》った。

あの日、大母様《グランマ》は『外に人間はいない』と言った。だが違った。あれは自分達から希望を奪うための嘘だ。

（さすがに、見抜けなかったわ……）

クローネはにやりと笑った。

外に人間はいるのだ。

人間の世界があるのだ。

いつか支配者側《やつら》に一矢報《いっしむく》いるため、クローネはそのペンを隠し持つことにした。

（常に相手の弱点を探すのよ……）

クローネの中ではもう、このペンを希望《たより》に脱獄しようなどと、浅はかな選択肢はなかった。この、農園というやつらが作った社会の中で、上へ昇りつめてみせると決めていた。

そんな中、クローネは史上最年少19歳で飼育監に昇格したシスターがいると噂《うわさ》を聞いた。

その成績はシスター時代から伝説的だった。

（私は、絶対、その女も超えてやる……）

クローネはそう念じ続け、養成学校で虎視眈々《こしたんたん》と力をつけていった。16歳になる時には、どんな補佐業務《シスター》も完璧にこなせるようになっていった。

そして十年が経った。クローネはとうとう本部の業務でなく、飼育場《プラント》へ補佐役として派遣されることとなった。

その優秀な飼育監《ママ》が管轄《かんかつ》している、第3飼育場《プラント》だ。

再び、よく似た門の前に立った時、クローネはもう、かつてその場所で震えていた小さな女の子ではなかった。

ニッと口元をつり上げ、重たい鉄柵《てっさく》が下りる音を背中で聞く。

靴音を響かせながら歩き、遠くに見えるハウスの屋根を眺める。ふいに脳裏に、ハウスでともに育ち、養成学校で再会を果たした姉の顔が浮かんだ。

（ざまぁ見なさい、セシル）

私は今や、ハウスに派遣されるシスターまで昇格したのよ。

あんたを出し抜いたように、ママの座だって、必ず手に入れてみせる。

＊　＊　＊

あの日、クローネによって刺繍の秘密を暴露されたセシルは、シスター達に両脇を固められ、足を引きずるようにして歩かされていた。

さっきまで大声で喚《わめ》いていたが、セシルは今は力が抜けたように抵抗をやめていた。垂れた頭から、顔を隠すように金の髪が流れ落ちている。

その影の中で、セシルはゆっくりと微笑した。

（あんたなら、気づくと思ったわ……）

あの刺繍の存在が、唯一、姉の裏切りに勝利する物証となることに。

セシルは大きな仕事を終えて肩の荷が下りたような、穏やかで晴れ晴れとした気持ちが胸に広がっていた。

（これで良かったの……）

全て、うまくいった。

クローネが養成学校にやってきたその日から、ずっと考えていたことだった。

セシルはその時のことを思い返す。よく知っている癖のある髪に、褐色《かっしょく》の頬、大きな瞳。目の前の現実に呆然とし、いつもの陽気な笑顔はどこにもなかったけれど、一緒に育った妹の顔を忘れるわけがなかった。クローネだ、とすぐにわかった。

（ああ……）

セシルはその時、溢れそうになる涙を必死にこらえ、表情を殺していた。叶うなら、見習い達をかき分けて駆け寄り、思いっきり抱きしめたかった。

兄弟の誰一人、自分は助けることができなかったと思っていたのだ。

みんな見殺しにしてしまった。

そう後悔し続けてきたのに――クローネが、生きていた。

だから決めたのだ。

今度こそ、助けようと。

絶対に死なせない。

そう誓っていた中、大母様《グランマ》からシスターに推すのは一人だけと言われた。

心のどこかでセシルは、遅かれ早かれ、こうなるだろうことは考えていた。ずっと二人で、この世界を勝ち残っていけるわけはないと。

脱獄の計画をクローネに持ちかけた時、セシルは、すでに自分が一緒に生きることは諦めていた。

脱獄は不可能だ。これまでそれは、何度も目の当たりにしてきた。自分に刺繍を託した姉も、そうして〝出荷〟されていったのだから……。

自分達の実力で、大人を――大母様《グランマ》を出し抜くことなどできるわけがない。

自分にできることがあるとすれば、それは唯一生き残っていてくれた妹が、罪悪感なく自分を蹴落とし、その一人だけのシスターの座を得られるようにすることだけだ。

セシルは、最後に自分が脱獄の首謀者として、クローネに密告されるように仕組んでいった。

（きっとクローネなら、あの〝物証〟に気づいてくれると思ってた……）

そしてそれを大母様《グランマ》へ売り渡す冷酷《つよ》さも、備えてくれるはずだと。

同時にセシルは、途中でバレることなく、クローネを騙しきれる自信もあった。大母様《グランマ》の懐中時計の話は自分がクローネを騙すためについた嘘だった。

だが刺繍の地図は、本物だった。

あれを手放すことは、最後まで葛藤《かっとう》があった。今まで紡いできた希望の糸を、自分の願いのために断ち切ることになる。

妹を生かす。

それは脱獄という道ではなく、支配者側に加担させ続けるという道でしかなかった。だがそれでも、セシルはもう誰も失いたくなかった。

（ごめんね、クローネ）

あなたは、生きるのよ。

連れて行かれた場所にはすでに、怪物の姿があった。あの夜、門で見た者と同じ黒々とそびえる異形《いぎょう》の姿。生理的な嫌悪《けんお》と震えが、セシルを包んだ。

恐怖を振り払い、セシルは妹の未来を想《おも》い、祈った。

(これから続く道がどんなに過酷であっても、あんたなら大丈夫よ)

私が見込んだ、妹なんだから。セシルは頭上を見上げた。そこにはただ白い天井があるだけだ。

(ああ、本物の空が見たかったな……――)

セシルは目を閉じた。脱獄を成功させ、クローネとともに、思いっきり青空の下を駆けていく光景を思い描いた。

その瞬間、巨大な爪が、セシルの体を掴み上げた。

＊　＊　＊

――全て初めから、負けていたのだ。

クローネは絶望の中で思った。

イザベラをママの座から引きずり下ろしてやる。そう思って大母様《グランマ》にその秘密を密告したが、自分の訴えは何の意味もなさなかった。初めから、大母様《グランマ》はイザベラを処分するつもりなどなかったのだ。

ただのシスターと、手塩にかけて育てた有能なママでは、最初から勝負はついていたのだ。自分がどんなに努力をしても、もうこれ以上、上にはいけない。

けれどクローネも、むざむざ殺されてやるつもりはなかった。

ハウスに残してきたペンと、鍵型のことを思い返す。きっと——いや必ず、あの子供達なら、残してきたものが何であるか気づくはずだ。これでイザベラの思い通りにはならない。その敗北の時を想像し、クローネは胸の内に笑い飛ばした。

そしてあの日、自分にできなかった〝鬼への反逆〟を、子供達へ託した。エマ、レイ、そしてノーマンへ……。

鬼の手が、胸に吸血植物《ヴィダ》が刺さったクローネの体を持ち上げる。クローネの首が、だらりと後ろへ垂れさがる。

ああ、空がキレイ。

ああ——。

遠のいていく意識の中で、クローネの中に懐かしい声が蘇った。

『クローネ、私ね、いつか本当の空を見てみたいの』

眩《まぶ》しい笑顔が、脳裏に浮かぶ。金の髪と、澄んだ青い瞳。笑い合った時間が、もうとっくに忘れているはずだった古い記憶の中から浮かび上がってくる。

『本当に自由になって見上げる空を』

その時は、クローネも一緒よ？

そう言ってくれた人が、かつていたはずだ。クローネはもう、何かを思い出すことはできなくなっていた。

門から始まった、生き残りの選択の道。

小さな少女は生きようとし、再びここへ戻り、そしてその門で、最期《さいご》の時を迎えた。クローネの胸の花が開き、瞳から光が消えた。

そばを飛んでいた蝶が、最後の羽ばたきをすると、ひらりと地面に落ちていった。

**白井《しらい》カイウ**

原作担当《げんさくたんとう》。2016年《ねん》「少年《しょうねん》ジャンプ＋《プラス》」読切作《よみきりさく》『ポピィの願《ねが》い』にて作画《さくが》・出水《でみず》先生《せんせい》と初《はつ》のコンビ作品《さくひん》を発表《はっぴょう》。同年《どうねん》8月《がつ》から『約束《やくそく》のネバーランド』を「週刊少《しゅうかんしょう》年《ねん》ジャンプ」にて連載中《れんさいちゅう》。

**出水《でみず》ぽすか**

作画担当《さくがたんとう》。「pixiv《ピクシブ》」にてイラストレーターとして人気《にんき》を博《はく》す一方《いっぽう》、児童漫画《じどうまんが》家《か》・装丁画家《そうていがか》など多方面《たほうめん》で活躍《かつやく》。2016年《ねん》8月《がつ》から『約束《やくそく》のネバーランド』を「週《しゅう》刊少年《かんしょうねん》ジャンプ」にて連載中《れんさいちゅう》。

**七緒《ななお》**

ジャンプ小説新人賞《しょうせつしんじんしょう》jNGP' 12Spring《スプリング》特別賞《とくべつしょう》。『ぎんぎつね』『きょうは会社休《かいしゃやす》みます。』ノベライズを担当《たんとう》。

JUMP j BOOKS

■初出
約束のネバーランド～ママたちの追想曲～　書き下ろし

# 約束のネバーランド
# ～ママたちの追想曲～

2019年1月9日　第1刷発行
2021年4月6日　第13刷発行

著　者
白井カイウ　出水ぽすか　七緒

編　集
株式会社 集英社インターナショナル
〒101-8050 東京都千代田区一ツ橋2-5-10
TEL 03-5211-2632(代)

装　丁
石野竜生 (Freiheit)

編集協力
藤原直人 (STICK-OUT)

編 集 人
千葉佳余

発 行 者
北畠輝幸

発 行 所
株式会社 集英社
〒101-8050 東京都千代田区一ツ橋2-5-10
TEL [編集部] 03-3230-6297
[読者係] 03-3230-6080
[販売部] 03-3230-6393 (書店専用)

印 刷 所
図書印刷株式会社

ホームページ http://j-books.shueisha.co.jp/


Printed in Japan　ISBN 978-4-08-703471-4 C0093
検印廃止